그럼에도

불구하고

봄마중 청소년숲

그럼에도
불구하고

조경아
정명섭
천지윤
최하나
지음

봄마중

차례

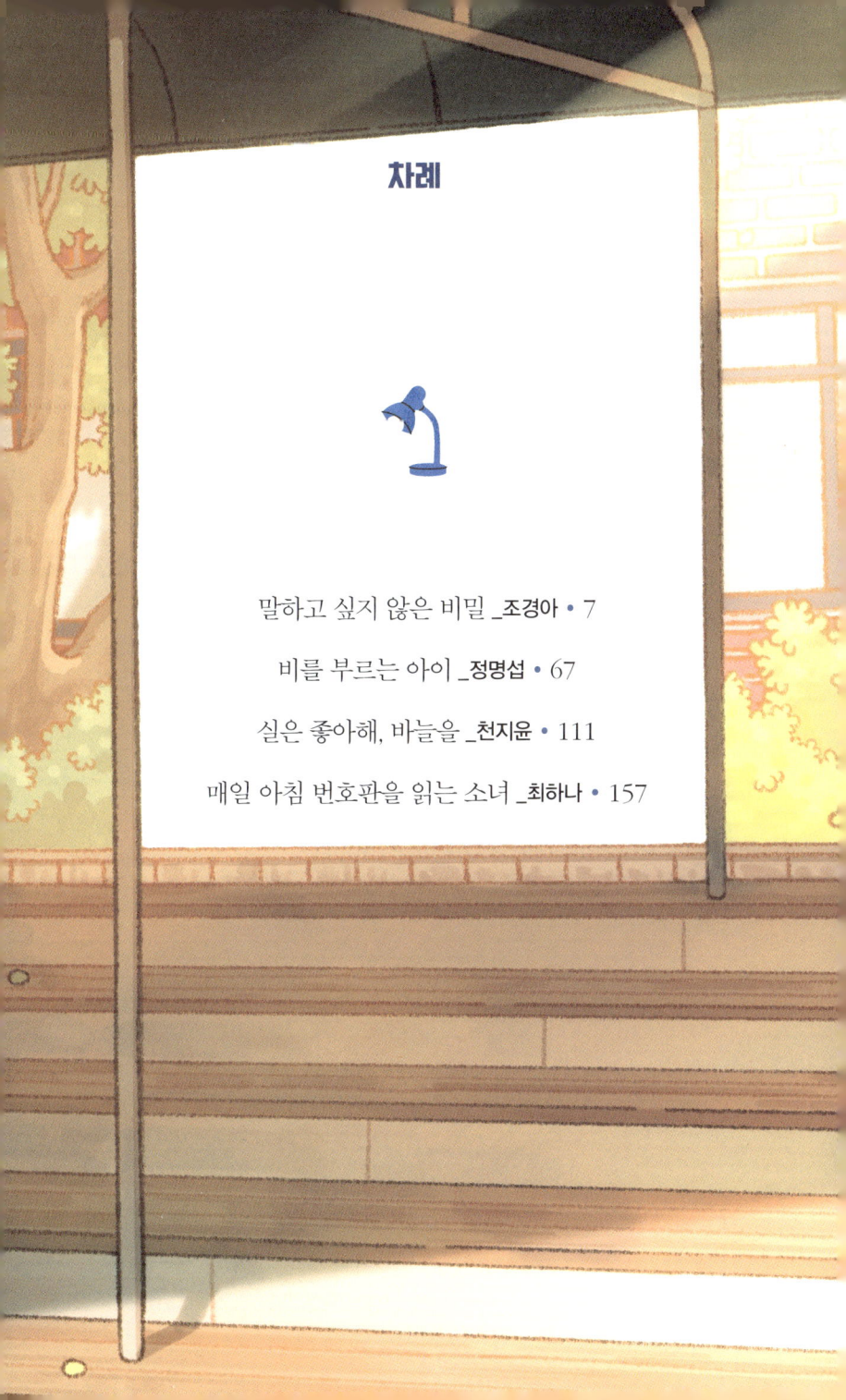

말하고 싶지 않은 비밀 _조경아 • 7

비를 부르는 아이 _정명섭 • 67

실은 좋아해, 바늘을 _천지윤 • 111

매일 아침 번호판을 읽는 소녀 _최하나 • 157

말하고 싶지 않은 비밀

조경아

"괜찮아! 아무도 모르게 하면 되니까."

예상치 못했던 교통사고로 한쪽 시력과 청력을 모두 잃어버린 내게 엄마는 단호하게 말했다. 그때 엄마의 말 때문이었을까? 나는 평생 장애를 가지고 살아야 한다는 사실보다 사람들이 내 장애를 알아차리게 될까 봐 더 두려워했던 것 같다. 문득 궁금해졌다. 엄마에게 자식인 내가 장애를 가지게 되었다는 사실은 두려움이었을까? 아니면 부끄러움이었을까? 어쨌든 그날 엄마의 선언과도 같은 말을 듣게 된 후 나는 줄곧 아무렇지 않은 사람으로 지내야 했다. 하지만, 내 교통사고를 알고 있는 사람들에게까지 비밀로 할 수는 없었다. 결국 우리 가족은 내 장애를 숨기기 위해 정들었던 동네를 떠났다.

이사를 오고 얼마 지나지 않아 낯설기만 했던 동네가 익숙해지듯이 한쪽 눈과 한쪽 귀로 사는 세상도 조금씩 익숙해졌다. 덕분에 나는 내가 장애를 가지고 있다는 사실을 간혹 잊어버릴 때도 있었다. 하지만 그때마다 엄마는 내 안일함을 새삼스레 일깨워주곤 했다. 조심한다고 해도 어쩔 수 없이 드러날 수밖에 없는 내 초점 없는 눈동자 때문이었다. 결국 엄마는 내 눈동자를 감추기 위해 특별히 제작된 안경까지 맞춰주었다. 그렇게 나는 언제나 눈에 띄지 않는 아이가 되어야 했다. 존재하지만 존재하지 않는 투명인간처럼.

* * *

"쟤 뭐냐?"

선생님과 함께 남자아이가 교실로 들어서자, 반 전체가 웅성거렸다. 그 아이는 누가 봐도 몸이 불편해 보였다. 전학생인 것 같았는데 아마도 지체장애를 가지고 있는 모양이었다. 나는 갑자기 숨이 턱하고 막혔다. 마치 내 장애가 들통이 난 것처럼, 소름이 돋고 심장까지 두근거렸다. 선생님이 전학생에게 자기소개를 하라고 하자 아이들은 일순간

조용해졌다.

"안녕! 나는 박정우라고 해. 몸이 조금 불편한 거 말고는 크게 모자라거나 잘난 것도 없는 사람이니까 앞으로 잘 지내보자!"

발음이 조금 어눌하기는 했지만, 정우의 표정과 말투는 그 누구보다 당당하고 자신감이 넘쳐보였다. 불편한 몸을 하고 있음에도 불구하고 전혀 구김 없어 보이는 태도에 아이들은 조금 놀란 것 같았다. 사실 누구보다 놀란 건 나였다. 어떻게 저렇게 당당할 수 있는 거지? 선생님이 가리키는 자리로 불편하게 걸어가는 정우를 보면서도 내 입은 여전히 다물어지지 않았다. 그 순간에도 정우는 시종일관 미소를 잃지 않고 있었다.

"근데, 저런 애가 왜 우리 학교에 전학을 온 거냐?"
"그러게. 우리 학교는 특수학급도 없는데."
"엄청 용감하거나 집안이 빵빵하거나 둘 중 하나겠네."

창가 네 번째 자리에 앉은 정우가 듣거나 말거나 아이들은 무례하게 계속해서 수군거렸다. 분명 정우도 이런 수군거림을 들었을 것이다. 하지만 전혀 개의치 않은 것처럼 보였다. 멍하니 그런 정우를 쳐다보다가 나는 그만 눈이 마주치고 말았다. 정색할 틈도 없이 정우는 내게 눈인사를 건넸다. 나는 바로 시선을 돌려 버렸지만, 왠지 모르게 등에서 식은땀 한줄기가 흘러내렸다.

* * *

"어? 역시나 여기 있었네!"

정우가 겨우 숨을 고르며 재활용 쓰레기장 안으로 들어왔다. 나는 머쓱한 얼굴로 마지막 음료수 병을 재활용 자루에 넣었다. 그동안 의도적으로 정우와 엮이지 않으려고 노력했는데, 어쩌다 보니 오늘은 정우와 내가 재활용 쓰레기 당번이 되었다. 마주치고 싶지 않은 마음에 수업이 끝나자마자 재활용 쓰레기를 가지고 도망치듯 교실을 빠져나왔는데 기어코 나를 쫓아온 모양이었다.

"혹시 나를 배려하는 거라면, 그러지 않아도 된다는 말을 하고 싶어서 온 거야."

"그런 거 아니고, 그냥 빨리 학원가야 해서 서두른 것뿐인데."

"아, 그래? 암튼 고맙다. 혼자 들고 오느라 힘들었겠다."

"그럼, 나 먼저 간다."

"어, 그래. 근데 내가 네 가방 교실에서 가지고 나왔어. 저기 벤치 위에."

정우의 말대로 벤치 위에 내 가방이 가지런히 놓여 있었다. 내 가방을 들고 여기까지 왔다고? 이쩐지 평소보다 정우의 숨이 조금 더 가빠 보였다. 괜히 마음이 불편했다. 고맙다는 말을 해야 하는데 입 밖으로 나오지 않았다. 내 반응이 신경 쓰였는지 정우는 조심스럽게 물었다.

"이번에도 내가 주제넘었던 건가?"

"그런 건 아니야. 괜히 나 때문에 고생한 것 같아서. 그러니까 다음부턴 그러지 마."

"실은 수호 너랑 친해지고 싶어서 그랬어."

당황한 나는 대답할 말이 떠오르지 않아 벤치 위에 있던 가방을 메고 쌩하니 그 자리를 떠나버렸다. 그런 나를 정우가 불편한 걸음걸이로 계속 따라오는 것이 느껴졌지만, 뒤돌아보지 않았다. 그렇게 한참을 걸어가는데 정우의 다급한 목소리가 들렸다.

"수호야!"

순간 뒤에서 뭔가가 나를 덮쳤고, 동시에 나는 바닥으로 넘어졌다. 이게 무슨 일인가 싶어서 정신을 차리고 보니, 야구공이 나를 넘어 저만치 굴러가는 것이 보였다. 나를 덮친 사람은 정우였다. 덕분에 정우도 나와 함께 넘어져 있었다. 상황을 정리해 보니 야구부 연습장에서 날아온 야구공에 내가 맞을까 봐 정우가 나를 안고 바닥으로 넘어진 것이다. 벌떡 일어나 먼지를 털고 여전히 바닥에 넘어져 있는 정우에게 손을 내밀었다.

"괜찮니?"

"이래 봬도 내가 순발력은 좀 있는 편이야. 너도 괜찮은 거지?"

"그러다 다치면 어쩌려고! 다신 이러지 마. 위험하잖아."

무심하게 정우를 일으키는 사이, 야구부원으로 보이는 아이가 달려와 미안하다는 듯 인사를 꾸벅하더니 저만치 떨어져 있던 야구공을 집어 갔다. 그 사이에도 정우는 내 눈치를 계속 살피고 있었다. 일어나 먼지를 털어 내는 순간에도 정우는 내게 시선을 떼지 않았다. 불길한 생각이 들었지만 무시하고 가방을 다시 메려는데, 내 눈을 빤히 쳐다보던 정우가 조심스럽게 물었다.

"혹시 너, 한쪽 눈이 안 보이니?"

정우의 질문에 가슴이 철렁 내려앉았다. 어떻게 알았지? 그렇게 들키지 않으려고 노력해 왔는데! 뭐라고 대답해야 할까? 들키지 않으려고 노력만 했지, 이럴 때 어떻게 대처할지는 생각해 본 적이 없었다. 머릿속이 멍해 아무 말도 못 하고 서 있는데, 정우가 웃으며 다시 내 심장을 내려앉혔다.

"아하, 그래서 너도 체육 시간에 교실에 남아 있었던 거구나?"

"그런 거 아냐!"

누가 봐도 그렇다는 말로 들리는 말을 내뱉고, 나는 휙 돌아섰다. 정우에게는 아무것도 아닌 장애일지 몰라도, 내게는 죽을 때까지 감추고 싶은 비밀이었다.

도대체 어떻게 알았을까? 엄마가 맞춰준 안경을 쓴 이후로는 내 장애를 알아보는 사람이 거의 없었다. 아니면 모두 알고 있었지만, 모른 척해 준 것일까? 불안한 건지 화가 난 건지는 모르겠지만, 심장이 터질 것만 같았다. 이러다 이 사실을 반 아이들이 모두 알게 될까 봐 덜컥 겁이 났다. 걸음을 멈추고 정우에게 비밀로 해달라고 부탁하려는데, 정우가 걱정스러운 얼굴로 내게 말했다.

"미안해. 내가 또 괜한 이야기를 한 것 같네."

"너, 어떻게 안 거야?"

"내가 특수학교에 오래 다녀서 시각장애 친구들이 좀 있거든. 무엇보다 네가 공이 날아오는 걸 전혀 못 본 것 같기도 했고."

"좋아. 그러면 지금 알게 된 거 비밀로 해줄 수 있어?"

"그럼 당연하지. 뭐 어차피 너 말고 얘기를 할 친구도 없잖아."

정우의 말이 끝나기가 무섭게 나는 정우를 혼자 세워두고 도망치듯 그 자리를 떠났다. 정우는 할 말이 많아 보였지만, 돌아서는 나를 차마 잡아 세우지 못했다. 왜 이렇게 화가 나는지 모르겠지만, 화가 나서 미칠 것 같았다. 왜 정우에게 그런 부탁을 해야 했을까? 나는 아무것도 잘못한 게 없는데 왜 이렇게 누군가를 원망하고 싶어지는 걸까?

* * *

며칠이 지나도 여전히 나는 정우와 눈을 마주치지 못했다. 정우 역시 그런 내게 무어라 말을 건네지 않았다. 매주 찾아오는 체육 시간마다 텅 빈 교실에 두 사람만 남게 되는 일이 무엇보다 힘들었다. 이 동네로 이사를 오고 난 후부터 나는 체육 시간에 항상 교실을 지켜야 했다. 학기 초마다 엄마는 담임선생님을 찾아가 내게 기립성 저혈압이 있어 운동을 할 수 없다고 부탁했기 때문이다. 덕분에 나는 병또(병약한 또라이)라는 별명을 가지게 되었다. 건강한 사람들은 그런 별명이 붙는 것보다 장애를 가졌다고 밝히는 편이 나을 거라 생각할지 모르겠지만, 나는 그렇지 않았다. 사람들은 이상한 별명을 가진 사람에게 쓸데없는 동정심이나 편견을 갖고 차별하지는 않기 때문이다.

창가 자리에 앉아 문제집을 풀고 있는 정우를 힐끗 쳐다보다가 문득 궁금해졌다. 태어날 때부터 사람들의 시선을 받아왔던 정우는 어떻게 이런 상황을 의연하게 극복할 수 있었던 걸까?

"이거 먹어 볼래?"

정우가 내 시선을 느꼈는지 자신의 책상 한 귀퉁이에 놓여 있던 딸기 우유를 내밀었다. 갑작스러운 정우의 말에 놀라 낮은 비명을 지를 뻔했다. 살짝 자존심이 상하기도 했다. 되도록 정우를 모른 척하려고 애썼던 나를, 이제는 자신의 딸기 우유를 탐내고 있는 사람으로 만들어 버리다니! 나는 아무런 대꾸도 하지 않고 책상에 엎드렸다. 정우의 낮은 한숨이 들리는가 싶더니 이내 희미한 필기 소리가 다시 들리기 시작했다.

정우는 왜 저렇게 속없이 자꾸 손을 내미는 걸까? 유독 내게만 그런 것 같았다. 사실 그게 더 못마땅했다. 어쩌면 나보다 더한 상황임에도 불구하고 웃음을 잃지 않고 당당하게 살아가는 정우의 모습이 보기 싫었는지도 모르겠다.

* * *

중간고사가 끝났다. 숨 막히는 시험 기간을 보낸 친구들은 삼삼오오 모여서 남은 반나절을 어떻게 보낼까 궁리하느라 바빴다. 정우와 나는 이런 무리 중에 전혀 섞이지 못하고 따로 떨어진 섬처럼 앉아 있었다. 착잡한 마음에 혼자 영화관이라도 갈까 하다가 그냥 터덜터덜 집으로 발길을 돌렸다. 괜히 혼자 영화를 보러 갔다가 반 아이들과 마주칠 수도 있겠다 싶었기 때문이다.

"다녀왔습니다."

"오늘 시험 끝난 거지?"

"네."

"그래, 점심 먹고 좀 쉬었다가 저녁에 학원 가야지?"

"네."

시험이 끝났지만, 오늘 저녁에 학원 수업이 있다. 오늘 같은 날 약속이 있다면 한 번쯤 수업을 빼먹었을지도 모르겠지만, 애석하게도 나는 그런 일탈을 해본 적이 없었다. 일탈도 같이할 친구가 있어야 가능한 일이었다. 장애를 얻은 순간부터 나는 친구를 사귈 생각조차 하지 못했다. 친구가 생기면 장애가 들통날 확률이 높았기 때문이다. 친구에게 미리 얘기한다고 해도 구구절절 장애가 생긴 이유를 설명하고 싶지 않았다. 그런데 전학 온 정우가 내 장애를 한눈에 알아봤다. 그런 정우를 어떻게 받아들여야 할지 몰라 계속 외면하고 있었다. 비밀을 지키기 위해 정우를 친구로 두어야 할지, 적으로 두어야 할지조차 판단되지 않았다.

"엄마! 우리 반에 몸이 불편한 아이가 전학을 왔어요."

식탁에 앉아 점심을 챙기던 엄마를 보다가 나도 모르게 불쑥 말해 버렸다. 엄마는 잠시 멈칫했지만 하던 일을 계속했다.

"그게 너랑 무슨 상관인데?"

"그냥, 그렇다고요."

엄마는 한숨 같지 않은 한숨을 쉬더니, 내게 국그릇을 내밀었다. 따끈한 국을 떠먹으며 엄마의 얼굴을 힐끗 쳐다봤다. 분명 엄마의 입꼬리가 미세하게 움직였는데 그 움직임이 웃음인지 울음인지 모를 만큼 복잡했다.

* * *

이번에도 엄마의 말은 틀렸다. 정우의 전학은 내게 큰 상관이 있었다. 아니, 우리 반, 아니 우리 학교 아이들 모두에게 엄청난 영향을 주었다. 정우가 이번 중간고사에서 전교 1등을 했기 때문이다.

"미친 거 아냐? 그런 애가 전교 1등을 했다고?"

"망했다. 내 등급이 여기서 더 떨어지다니!"

"아니, 근데 쟤는 왜 우리 학교에 온 거야? 그것도 우리 반에."

"그러게 말이야. 그냥 아무 학교에서나 장애인 전형으로 대학 갈 수 있을 텐데!"

"뭐 우리한테 과시라도 하겠다는 건가?"

"조용히 좀 하자!"

아무 말 없이 앉아 있던 반장이 언짢은 기분을 그대로 드러냈다. 순간 교실은 차갑게 얼어붙었다. 경쟁자라고 생각조차 안 했던 정우가 첫 시험에서 자신의 실력을 드러내자 모두 불편한 모양이었다. 항상 1등을 놓치지 않았던 반장은 더욱 그랬을 것이다. 물론 나 또한 놀라웠고 당황스러웠다. 모두가 혼란스러워하고 있는 사이, 아무것도 모른다는 얼굴로 교실에 들어선 정우는 어리둥절한 표정으로 자리에 앉았다.

"재수 없어!"

교실 어디선가 누군가의 입에서 송곳 같은 말이 튀어나왔다. 정우도 분명 들었을 것이다. 하지만 고개를 숙이거나 주눅 든 표정이 아니었다. 그런 태도가 더 마음에 안 들었는지 아이들은 부끄러움도 모르고 입에 담지 못할 말들을 거침없이 내뱉기 시작했다. 모두 정우에게 하는 말이었지만, 듣고 있는 내가 더 상처받는 느낌이었다.

"조용히 좀 하라니까!"

반장도 듣기 어려웠는지 벌떡 일어나 소리쳤다. 때마침

담임선생님이 종례를 하기 위해 교실로 들어왔다. 선생님도 반 분위기를 어느 정도 감지했는지 시험 성적에 대한 말은 한마디도 하지 않았다.

  모두가 교실을 빠져나가고 텅 빈 교실에는 정우와 나 둘만 남게 되었다. 허리를 곧게 펴고 앉아 있던 정우는 아이들이 없는 것을 확인하고는 천천히 가방을 챙겼다. 아무렇지 않은 척했지만, 정우의 모습은 온갖 총탄을 혼자 맞은 사람처럼 처참해 보였다. 평소의 정우였다면 교실에 남아 있는 내게 무슨 말이라도 걸었을 텐데, 오늘은 아무 말도 하지 않았다. 이런 상황을 아무리 많이 경험했다고 해도, 새롭게 생긴 상처는 여전히 아픈 법이니까. 어쩌면 그 상처가 얼마나 아픈지 알기 때문에 더 고통스러울지도 모른다. 사실 나는 금방이라도 쓰러질 것 같은 정우가 걱정되어 교실에 남아 있었다. 정우가 한숨을 깊게 내쉬며 가방을 둘러메다가 잠시 휘청거렸다. 나도 모르게 자리에서 벌떡 일어나 정우를 부축해 주려고 다가섰다.

"괜찮아. 걱정 안 해도 돼."

정우는 손바닥으로 나를 단호하게 제지하며 말했다. 항

상 미소를 잃지 않던 정우였는데, 지금의 정우는 아프냐기보다 슬퍼 보였다. 그제야 깨달았다. 정우의 숙련된 미소는 이런 시간을 견뎌내기 위해 만들어진 최선의 보호막이었다는 것을.

* * *

다음 날 정우는 평소대로 등교했다. 아이들은 어제처럼 정우에게 노골적인 공격을 하지는 않았지만, 여전히 싸늘한 시선으로 무시했다. 그동안 아이들은 정우를 무시하는 차원에서 투명인간 취급했는데 지금은 경계하기 위해 투명인간 취급을 하고 있었다. 그들 사이에서 나는 어느 쪽에도 속하지 못했다. 정우도 이제 더 이상 나를 안중에 두고 있지 않은 것처럼 보였다. 친해지고 싶지는 않았지만, 언제나 다정했던 정우가 냉랭하게 돌아서고 나니 이상하게 신경이 쓰였다. 모두에게 배척당하는 순간, 방관하고 있던 내게 실망했던 걸까? 사실 어제의 나는 내가 봐도 실망스러웠다. 모두에게 부당한 대우를 받고 있는 정우에게 쏟아지는 화살이 내게 날아올까 걱정했던 것도 사실이었다. 이미 친구

하나 없는 아웃사이더였지만, 정우처럼 모두에게 배척당하고 싶지는 않았던 것이다.

이런 복잡한 마음 때문이었는지 어제 나는 도움을 단호하게 거절했던 정우를 혼자 보낼 수 없어 조용히 정우네 집 앞까지 따라갔다. 때문에 지금은 정우가 무사히 학교에 나왔다는 사실이 너무 고맙고 반가웠다. 하지만 수업이 다 끝날 때까지 나는 정우와 눈도 맞출 수가 없었다. 수업이 끝난 뒤 정우는 어제처럼 아이들이 다 빠져나갈 때까지 혼자 자리에 앉아 있었다. 옆에 있어 주고 싶었지만 온몸으로 거부하고 있는 정우에게 감히 다가가지 못했다.

정우를 혼자 남겨두고 학원으로 향하는 길, 편의점에 들어가 라면을 먹었다. 그렇게 좋아하던 라면이었는데, 오늘은 왠지 맛이 없었다. 느릿느릿 라면을 간신히 먹고 국물을 쓰레기통에 붓다가 깜짝 놀랐다. 휴대전화가 쉴 새 없이 진동하기 시작했기 때문이다. 학급 단톡방에 무슨 일이 생긴 모양이었다.

- 좀 전에 엄청난 사실을 알게 됨.
- ??

- 우리 반에 장애인이 한 명 더 있대.

- 엥?

- 누구?

- 설마 너냐?

- ㄴㄴ.

- 또 무슨 헛소리야?

- 진짜라니까!

- 그니까 누구냐고?

- 박수호! 이거 보고 있냐?

- 박수호가 누구?

- 아! 안경 쓰고 말 없는 애?

- 걔 그냥 찐따 아니었어?

- 그게 아니라 한쪽 눈이 안 보이고, 한쪽 귀도 안 들린대.

- 엥?

- 근데 그러면 말도 못 하나? 걔 목소릴 들어 본 적이 없어.

- 이쯤 되면 우리 반 특수학급 되어야 하는 거 아님?

- 박수호! 이거 보고 있냐? 아니면 아니라고 말해.

- 그래도 찐따 때문에 내신 밀리는 일은 없잖아!

- 너보단 성적 좋을걸?

- ㄹㅇ?

- 모두들 인신공격 그만!

- 죽어야겠다. 이젠 저런 ㅅㄲ들한테도 내신이 밀리다니!

- 어쩐지, 어제 보니까 둘이 엄청 친해 보이긴 하더라.

- 엥? 둘이 친했어?

- 어제 둘이 집에도 같이 가는 거 같던데?

- 헐. 그럼 혹시 박수호가 이정우 전학 오게 만든 거 아냐?

- 그럴 수도?

- ㅋㅋㅋㅋㅋㅋㅋ

- 근데 박수호 엄청 음흉하다.

- 그러게. 우리가 정우 욕할 때 가만히 있었잖아.

- 하여간 눈빛 쎄한 ㅅㄲ들은 다 이유가 있다니까.

- 근데, 그거 누구한테 들었어?

손이 부들부들 떨렸다. 더 이상 보고 있을 수 없어서 재빨리 단톡방을 나왔다. 누가 나에 대해 말했는지 알 것 같았다. 내가 장애를 가지고 있다는 사실을 아는 사람은 정우밖에 없다. 그런데 왜 정우가 그런 말을 흘렸을까? 아이들의 무지막지한 화살을 피하고 싶어서 내 비밀을 폭로한 걸까? 눈물이 앞을 가려서 나는 아무것도 볼 수가 없었다. 한쪽 눈으로만 보던 세상이었는데 그 한쪽 눈마저 잃어버린 사람처럼 나는 그냥 바닥에 주저앉아 울었다. 그렇게 숨겨 왔던 진실을 폭로해 버린 사람이 정우라는 사실이 나를 더 비참하게 만들었다.

"학생, 괜찮아요?"

지나가던 아주머니가 주저앉아 울고 있는 나를 보고 놀랐는지 걱정스럽게 물었다. 나는 대답을 할 수 없어 그냥 고개만 끄덕였다. 눈물을 닦고 또 닦아도 멈추질 않았다. 어쩌면 또다시 전학을 가야 할지도 몰랐다. 그러다 갑자기 분노가 치밀었다. 덕분에 눈물도 멈췄다. 눈물이 멈추자 반쪽짜리 세상이 다시 보였다. 아무래도 안 되겠다 싶어 벌떡 일어나 뛰기 시작했다. 무작정 뛰는 것은 아니었다. 지금 당장 정우를 만나서 이유라도 들어봐야 할 것 같았다.

어제 왔던 정우네 아파트 단지에 들어서자 다리가 풀리면서 스텝이 꼬였다. 넘어질 뻔했지만, 용케 가로수를 붙잡았다. 숨이 턱까지 차올라 한동안 꼼짝할 수가 없었다. 겨우 숨을 고르고 어제 정우가 들어갔던 110동 아파트를 올려다보았다. 원수를 만나러 온 사람처럼 나는 아파트 주변을 살피며 현관 앞으로 조심스럽게 걸어갔다. 어제 여기까지 따라오기는 했지만, 정우가 들어가는 것만 보고 뒤돌아섰기 때문에 몇 호에 사는지는 알지 못했다. 110동 현관 맞은편에 있는 가로등에 기대어 휴대전화를 열었다.

　무슨 말을 어떻게 해야 할지 전혀 떠오르지 않았다. 만약 정우가 단톡방에서 떠드는 이야기를 보았다면, 나를 만나 주지 않을 가능성도 있다. 어찌해야 할지 몰라 한숨을 쉬고 있는데, 110동 현관 유리문이 열렸다. 현관문을 나오는 아주머니의 얼굴이 낯설지 않았다. 그리고 그 뒤에 정우가 보였다. 숨이 다시 막히면서 나는 돌처럼 굳어 버렸다.

　"어? 수호야! 여긴 무슨 일이야?"

　"……!"

　"혹시 나 만나러 온 거야?"

　"어머, 정우 친구니?"

　"네, 수호라고 같은 반 친구예요."

　"반갑다. 우리 정우가 벌써 친구를 사귀었다니 너무 반가운걸?"

　"근데 어쩌지? 지금 나 병원 가야 하거든."

정우가 내 손을 덥석 잡고 흔드는 것을 보고 나서야 나는 정신을 차렸다. 인사는커녕 그냥 도망쳐야겠다는 생각밖에 들지 않았다. 정우의 손을 겨우 뿌리치고, 나는 다시 달렸다. 다리는 후들거렸지만, 지금은 지구 끝까지라도 달릴 수 있을 것 같았다. 아니, 그래야 할 것 같았다. 정우가, 아니 정우 엄마가 낯설지 않았던 이유가 떠올랐기 때문이다.

* * *

초등학교 4학년 때였다. 그날 엄마는 뭔가 잔뜩 화난 얼굴로 집을 나섰다. 엄마는 내게 집에 있으라고 했지만, 호기심이 많았던 나는 엄마 뒤를 몰래 따라갔다. 엄마는 동네 아주머니들과 만나 초등학교 옆에 있던 오래된 중학교 운동장으로 들어갔다. 너무 낡아 재건축을 앞둔 학교였다. 운동장에는 많은 어른들이 다양한 피켓을 들고 모여 있었다. 엄마와 동네 아주머니들은 선생님으로 보이는 어른들을 만나 하소연하는 것처럼 보였다. 선생님으로 보이는 어른들은 난처한 얼굴로 엄마와 동네 아주머니들의 이야기를 듣고 있었다. 그런데 반대편에는 처참한 얼굴로 고개 숙이고 있는 몇몇의 아주머니들이 보였다. 무슨 일일까? 나는 운동장 옆에 있는 수돗가에 숨어 이 모든 상황을 지켜보았다. 그때 갑자기 아주머니 한 분이 무릎을 꿇었다. 그러자 그 주변에 있던 아주머니들도 모두 무릎을 꿇었다.

"저희는 더 이상 갈 곳이 없습니다. 제발 도와주세요!"

제일 먼저 무릎을 꿇고 도움을 호소했던 사람이 바로 정우 엄마였다. 나는 그날 그때 정우 엄마의 표정을 잊지 못했다. 정우 엄마를 향해 막말을 해대던 지역 주민들 사이에 있던 엄마의 얼굴도 역시 그랬다. 정우 엄마와 함께 무릎을 꿇은 학부모들은 눈물을 흘리며 이곳에 특수학교가 들어올 수 있도록 도와달라는 호소를 하고 있었다. 하지만 엄마를 포함한 지역 주민들은 왜 하필이면 이곳이냐며 강하게 반대했다. 그때 나는 왜 이곳에 특수학교가 들어오면 안 되는지 이해할 수 없었지만, 왜 이곳에 특수학교가 들어와야 하는지도 이해할 수 없었다. 물론, 지금도 두 입장을 완전하게 이해할 수는 없지만 그 어처구니없던 상황이 부끄러운 일이었다는 것만큼은 알고 있다.

"엄마, 저 사람들이 무슨 잘못을 한 거예요?"

"넌 몰라도 돼. 그리고 왜 여기까지 **따라왔어**? 얼른 학원이나 가!"

 붉게 달아오른 엄마의 얼굴이 부끄러운 것인지 화가 난 것인지조차 나는 알 수가 없었다.

 교통사고로 인해 한쪽 시력과 청력을 영구적으로 잃었다는 판정을 받았을 때, 나는 그날 그때 정우 엄마의 얼굴이 제일 먼저 떠올랐다. 이제 엄마도 정우 엄마처럼 세상에 무릎을 꿇고 사죄하듯 살아야 하는 걸까? 다행인지 불행인지 모르겠지만 엄마는 그런 선택을 하지 않았다. 엄마는 내 장애를 충분히 숨길 수 있다고 생각했기 때문이다. 처음에는 나 역시 그렇게 믿었다. 하지만 이제 내 장애를 반 아이들이 모두 알게 되었다. 그리고 오늘 이렇게 거짓말처럼 정우 엄마를 다시 만났다. 정우가 내 비밀을 폭로한 것은 그날의 복수였을까? 아니면 그저 운명의 장난이었을까?

* * *

"엄마!"

 집에 들어오자마자 나는 엄마를 찾았다. 엄마는 내 목소리가 심상치 않았는지 깜짝 놀라 거실로 달려 나왔다. 엄마의 얼굴을 보자마자 눈물이 쏟아졌다. 그렇게 한참을 떼를 쓰는 아이처럼 울고 또 울었다. 다행히 엄마는 그런 나를 나무라지 않았고, 내 울음이 잦아들 때까지 기다려 주었다.

"엄마, 그날 기억해요? 예전 우리 동네에서 특수학교 반대 시위했던 날."

"갑자기 그게 무슨 소리야?"

"그날 무릎 꿇었던 그 아주머니들. 저 다 기억해요. 아직도 선명하게."

"도대체 왜 그런 얘기를 하는 거냐고!"

"저번에 말했던 몸이 불편한 전학생의 엄마가 그때 그 자리에 있었어요!"

어느새 엄마의 얼굴도 나처럼 상기되어 있었다. 두서없는 내 얘기에도 엄마는 이해한 것 같았다. 엄마도 그날의 기억이 죄책감으로 남아 있었던 걸까? 이내 엄마는 어떻게든 나를 진정시키고 싶었는지 내 등을 천천히 쓸어내리며 조심스럽게 말했다.

"그래, 뭐 그럴 수 있지. 그런데 그게 이렇게까지 괴로워할 일이야?"

"네. 너무 괴로웠어요. 그날 그 사람들의 고통을 무시한

대가를 내가 받은 거 같아서 내내 너무 괴로웠다고요."

"그게 무슨 소리야. 네가 잘못한 게 뭐 있다고!"

"그럼, 왜 제가 그런 사고를 당했겠어요!"

"수호야! 도대체 왜 그래? 그때 그 일은 네 사고랑 아무런 상관이 없어."

"상관 있어요! 엄마도 알잖아요!"

"설마 그 아이 엄마가 너한테 뭐라고 한 거야? 도대체 왜 이러는 거야?"

"오늘 우리 반 애들이 다 알게 됐어요. 나한테 장애가 있다는 거."

그제야 엄마의 눈빛에서 파리한 불꽃 같은 것이 일어났다. 내 장애를 감추기 위해 엄마와 내가 했던 모든 노력이 물거품이 되어 버린 것 같았다. 그런데 왜 그렇게 엄마와 나는 내 장애를 숨기려 했을까? 뭐가 그렇게 두려웠던 걸까?

"수호야! 그만 울어. 울 필요 없어. 내일이라도 당장 전학 가면 되잖아."

엄마는 이를 악물고 싸늘한 목소리로 말했다. 순간, 내 울음도 멈췄다. 지금 여기서 전학 이야기를 꺼내는 엄마를 전혀 이해할 수 없었다. 누군가에게 밝히고 싶지 않은 비밀을 폭로 당했다는 사실이 분하고 억울하지만, 언젠가 모두가 알게 될 일이라고 짐작하고 있었다. 그래서 오늘은 엄마가 괜찮다고, 언젠가 다 알게 될 일이었다며 나를 위로해 줄 거라고 믿었다. 그런데 엄마는 이번에도 전학을 얘기했다. 혹시 엄마는 장애로 인해 내가 받을 상처를 걱정하는 것이 아니라 내 장애를 인정하고 싶지 않았던 것은 아닐까? 진짜 진실을 보기 위해 빨간 약을 삼켰던 어느 영화의 주인공처럼 나는 오늘 내 장애를 직면하고서야 진짜 세상을 보게 된 느낌이었다.

* * *

어젯밤 엄마는 전학 절차를 마칠 때까지 학교에 가지 말라고 했다. 하지만 나는 더 이상 엄마의 말을 따르고 싶지도, 전학을 가고 싶지도 않았다. 그래서 가방을 메고 일찍 집을 나섰다. 백 마디 말보다 이런 행동이 엄마에게 내 의지를 제대로 전달해 주리라 믿었다.

알싸한 새벽 공기는 생각했던 것보다 좋았다. 이런 시간에 버스정류장에 도착한 것은 처음이었는데, 생각보다 사람들이 많았다. 한 번도 살아보지 못한 세상에 온 것처럼 모든 것이 낯설게 느껴졌지만, 왠지 모르게 설레는 기분도 들었다. 내가 깨어 있지 않은 순간에도 세상은 이렇게 활기차게 돌아가고 있었다. 어쩌면 나는 한쪽 눈으로 세상을 봤던 것이 아니라 두 눈을 감고 살았는지도 모르겠다.

  너무 이른 시간이라 그런지 학교 앞은 한산했다. 교문을 한참 노려보다가 학교 앞 편의점으로 들어갔다. 즐겨 먹던 삼각김밥과 컵라면을 골랐다. 차라리 지금 들어가야 아무도 모르게 교실로 갈 수 있지 않을까 생각하면서도 김밥을 전자레인지에 넣고, 라면 포장지를 뜯었다. 때마침 기다렸다는 듯이 전화벨이 울렸다. 엄마였다. 이제야 내가 없다는 것을 확인한 모양이었다. 라면에 스프를 넣고 뜨거운 물을 부었다. 그사이 휴대전화는 울림을 멈췄다. 삼각김밥을 꺼내 껍질을 까려고 하는데, 다시 휴대전화가 울렸다. 껍질을 마저 벗기고 삼각김밥을 한 입 크게 먹었다. 그제야 휴대전화는 울림을 멈췄다.
  엄마는 이제 내 뜻을 알아차렸을까? 생각해 보니 그동안 엄마와 나는 제대로 된 대화를 해본 적이 거의 없다. 서로가 가진 상처가 너무 커서 서로의 마음을 건드리고 싶지 않았는지도 모르겠다. 뚜껑을 열어 뜨거운 라면을 젓가락으로 휘휘 저었다. 라면을 먹을 때마다 엄마한테 잔소리를 들었던 기억이 떠오르자 나는 벌컥 뜨거운 라면을 삼켰다. 괜한 반항심에 입천장이 데었는지 아렸다. 지금 내 마음처럼.

 학교 안으로 자동차들이 하나둘씩 들어가기 시작했다. 아마도 부지런한 선생님들이 출근하는 모양이었다. 얼마 지나지 않아 등교하는 아이들도 보였다. 아이들을 보자 가슴이 쿵쿵 뛰었다. 엄마에 대한 반항심에 학교 앞까지 오기는 했지만, 학교에 들어가 아이들을 만날 자신은 없었다. 자동차 한 대가 학교 옆 도로에 멈추어 서더니 미소를 머금은 정우가 휘청거리며 차에서 내렸다. 자동차 안에서는 정우 엄마가 환하게 웃으며 손을 흔들었다. 정우가 밝은 아이로 클 수밖에 없는 이유를 조금 알 것 같았다. 정우는 엄마의 자동차가 도로를 완전히 떠난 것을 보고 나서야 학교로 들어갔다. 그런 정우의 모습을 보고 있자니, 더 교실로 들어갈 자신이 없었다. 그러다 문득 내 비밀을 발설한 사람이 정우가 아닐지도 모른다는 생각이 들었다.

 그때 학교 골목 다른 편에서 어제 내 비밀을 카톡방에 폭로한 아이들이 걸어오는 것이 보였다. 순간 호흡이 가빠지면서 심장이 터질 것 같았다. 더구나 아이들은 교실이 아니라 편의점으로 들어오려는 모양이었다. 결국 나는 바람처럼 편의점을 빠져나가 학교 교문 쪽으로 곧장 뛰었다. 간발의 차이로 나는 무사히 교문을 통과했고, 아이들은 편의점으로 들어갔다.

교실에 들어서자마자 나는 바로 자리에 앉아 엎드렸다. 내가 학교에 온 사실을 아무도 몰랐으면 하는 마음으로. 그렇게 한참을 숨죽이고 엎드려 있다가 그만 잠이 들어버렸다. 너무 일찍 일어난 탓이었지만, 어이없는 일이었다. 꿈인지도 모를 수업 종소리가 들리자 뒷골이 서늘해지면서 잠이 확 달아났다. 그제야 아이들의 웅성거리는 소리가 또렷하게 들렸다. 비록 한쪽 귀였지만 성능은 괜찮아서 아이들의 작은 속삭임까지 다 들렸다. 어디선가 지우개 하나가 날아와 내 머리를 정확히 맞췄다. 고개를 들어 화를 내야 할지 모른 척해야 할지 몰라 망설이고 있는데, 선생님이 교실로 들어왔다. 천만다행이었다. 안심하려는 찰나, 뒤쪽에서 어떤 아이의 속삭임이 또렷하게 내 귀에 박혔다.

"저 새끼 머리통에도 장애가 있는 거 아냐?"

심장이 교실 바닥으로 떨어지는 느낌이었다. 이런 순간이 두려워서 나는 장애를 숨겼던 걸까? 뒤돌아 욕이라도 하면 괜찮아질까? 정우처럼 해맑게 웃어보면 어떨까? 고개를 숙이고 그대로 돌처럼 굳어 있는데, 선생님이 내 이름을 불렀다. 엄마의 전화를 받은 건지 고개를 숙이지 말라는 선생님의 목소리에는 걱정이 묻어 있었다. 덕분에 나는 겨우 고개를 들고 수업을 받을 수 있었다. 뒤통수에 느껴지는 레이저 같은 시선은 여전히 따가웠지만, 시간이 흐르자 조금씩 견딜 만했다.

점심시간 종이 울리자마자 나는 다시 책상에 엎드렸다. 아이들이 점심 먹으러 급식실에 가기를 조용히 기다리면서. 쉬는 시간마다 반복했던 행동이었지만, 점심시간은 왠지 더 긴장되었다.

"박수호! 우리랑 같이 밥 먹으러 가자!"
"야, 쟤는 양쪽 귀가 다 안 들리는 거 같은데?"
"수호야! 점심 먹자니까!"
"이거 사람 말을 완전 무시하네?"
"아무래도 한 대 맞아야 알아들을 수 있나 본데?"

"아까 지우개 던져도 아무 반응 없더라고."

"이번엔 신발을 던져볼까?"

"제발, 그만해!"

결국 나는 참지 못하고 소리를 질렀다. 아무리 생각해도 이렇게 모욕을 받을 일은 아닌 것 같았다. 하지만 아이들은 나의 반응을 기다렸는지 웃음을 터뜨렸다. 실내화 한 짝이 등 뒤로 날아오더니 철썩 소리를 남기고 떨어졌다. 조금 더 버티다간 무모한 아이들에게 집단 구타라도 당할 것 같아 자리에서 벌떡 일어났다. 하지만 누군가 내 어깨를 잡더니 다시 자리에 앉혔다.

"어쭈! 어딜 가시려고?"

"이거 놔!"

"밥 먹으러 같이 가자니까?"

"안 먹어."

"너 그동안 우릴 속이고 멀쩡한 척한 이유가 뭐냐?"

"그게 너희들과 무슨 상관인데?"

"얘 봐라? 뭐가 이렇게 당당해?"

학교에서 주먹깨나 쓴다는 재욱이가 주먹으로 내 배를 세게 때렸다. 순간 숨이 막히면서 '헉' 소리조차 낼 수 없었다. 내가 그대로 바닥에 고꾸라지자 아이들은 키득거리며 웃었다. 엄마의 말대로 학교에 오지 말았어야 했다. 나는 왜 고집을 부려서 이런 꼴을 당하고 있는 걸까?

"이제 그만들 좀 하지? 평생 후회할 짓 하지 말고!"

정우는 스마트폰으로 무언가를 조작하면서 단호한 목소리로 말했다. 나를 둘러싸고 있던 아이들은 가소롭다는 듯이 웃었다.

"니들 진짜 재밌다. 끼리끼리 노는 거냐?"

"너희들 수호 괴롭히는 거 내가 다 찍었어."

"그래서 뭐 어쩌라고?"

"내가 이걸 가지고 뭘 할 것 같아?"

"야! 저 새끼 폰 먼저 뺏어!"

아이들이 달려들자 정우는 폰을 주머니에 넣으며 뒤로 물러섰다. 아이들이 다시 위협하자 정우는 손바닥을 내보이며 말했다.

"니들 이 폰 뺏어도 소용없어. 이미 클라우드에도 올렸고, 우리 엄마 톡으로도 보냈으니까. 그럼에도 불구하고 나를 때려서 분이라도 풀겠다면 어쩔 수 없지. 근데 만약 그렇게 되면 앞으로 평생 그 동영상이 너희들을 쫓아다니게 될 거야. 너희들 이름은 물론 부모님 이름 태그 다 걸어서 어디든 올릴 거거든. 니들이 대학을 가고 취직을 해도 그때마다 해시태그 달아서 평생 꼬리표처럼 따라붙게 만들 거야! 내가 못 할 거 같아? 니들 말대로 몸은 병신이지만 머리는 비상하고 성격은 집요해서 니들 인생 망치는 건 일도 아니거든. 자! 어디 해보고 싶으면 해봐!"

아이들은 조금 유치하지만 꽤 설득력 있는 정우의 말을 멍하니 듣고만 있었다. 미소밖에 지을 줄 몰랐던 정우가 작심하고 쏟아내는 말은 모두 맞았다. 생각해 보면 지금 이런 상황은 아이들에게 별것 아닌 일이었고, 이 정도에 자신의 인생을 걸 바보는 없었다. 결국 흥미를 잃은 아이들은 공기 빠진 풍선처럼 한 사람씩 교실을 빠져나갔다. 교실에 남은 정우와 나는 그제야 한숨을 내쉬었다. 바닥에 누워 안도의 한숨을 쉬는 정우를 바라보다가 나도 모르게 웃음이 나왔다. 정우 역시 키득키득 웃었다. 급기야 우리는 배를 잡고 웃어댔다. 좀 전에 맞은 배가 여전히 욱신거렸지만, 봇물처럼 터져 버린 웃음을 막을 방법은 없었다.

* * *

"그러니까. 내가 그 소문을 냈다고 생각한 거야?"

"당연하지. 너밖에 몰랐으니까."

"좀 억울하긴 한데, 뭐 그럴 수 있어. 근데 그거 경준이가 학원에서 만난 친구한테 들은 얘기래. 너랑 초등학교 같이 나왔다던."

"아, 역시. 그랬구나."

"근데 왜 따지러 왔다가 그냥 간 거야?"

"너희 엄마 때문에."

"아, 엄마가 있어서? 그럼 나중에 약속을 하면 됐잖아."

"나 어렸을 때, 너희 엄마를 본 적이 있어."

정우에게 내 치부와도 같은 일을 털어놓고 싶지는 않았지만, 그게 정우에 대한 예의인 것 같아 담아 두었던 이야기를 할 수밖에 없었다. 얘기를 듣고 난 뒤 정우는 나지막이 깊은 한숨을 내쉬었다. 나는 정우가 어떤 말을 할지 몰라 불안했다. 실망하거나 화난 표정은 아니었지만, 정우의 눈이 왠지 모르게 슬퍼 보였기 때문이다.

"그랬구나. 근데 그 일로 죄책감 가질 필요는 없어."

"그래도 왠지 나는 엄마랑 내가 벌 받은 것 같은 기분이 들었거든."

"네가 벌을 받아서 장애를 얻은 거라면, 나는 도대체 무슨 벌을 받은 거겠니?"

나는 아무런 말도 할 수가 없었다. 당황한 나를 보며 정우는 안심하라는 듯 웃었다.

"그냥 이렇게 불편한 몸을 가지게 될 수도 있는 거라고 생각하자. 사실 누구나 원하든 원하지 않든 자신에게 만족스럽지 않은 구석들을 가지고 사는 거잖아."

"맞아. 근데 그게 생각처럼 쉽지 않네."

"그래, 쉽지는 않지."

"그런데 넌 어떻게 그런 생각을 할 수 있었어?"

"나도 힘들었어. 사실 누구를 원망할 수도 없는 일이잖아. 그러니 나름의 방법을 찾은 거지. 만약 그렇게 생각하지 않았다면 지금처럼 살기는 힘들었을 거야."

"미안해. 내가 또 괜한 실수를 한 것 같네."

"아냐, 너 실수 한 거 없어. 내가 볼 때 너는 지나치게 진지해서 탈이야. 그냥 나라는 존재를 인지하는 순간부터 남들과 다르다는 사실을 알아서 자연스럽게 나름의 방법을 찾았다는 말이야."

"그럼 이제 나도 그 방법을 찾을 수 있을까?"

"이미 찾고 있는 것 같은데?"

"내가?"

"응. 학교에 나가지 말라는 엄마 말을 듣지 않고 이렇게 학교에 나온 걸 보면."

"아까는 살짝 후회하기도 했어."

"맞다. 배는 어때?"

"어. 괜찮아! 근데 다음부턴 너도 그렇게 나서지 마. 너무 위험해."

"알아. 나도 사람 봐가면서 하는 거야. 우리 반 애들은 그렇게 악질은 없는 거 같아서 살짝 겁만 준 거지."

"근데, 엄마가 동영상 받아보고 놀라셨을 것 같은데, 괜찮아?"

"엄마한텐 보내지 않았어. 애들이 다가오니까 엉겁결에 그런 말이 나오더라고. 하하!"

우리는 동시에 웃음을 터뜨렸다. 아까 재욱이에게 맞은 복부가 다시 욱신거리는 것 같았지만, 충분히 웃음으로 넘길 수 있었다. 함께 웃던 정우가 갑자기 웃음을 그치더니 내 팔을 툭 쳤다. 정우의 시선이 머무는 곳을 보자 운동장 저편에 엄마가 서 있었다. 선생님을 만나고 온 모양이었다.

정우가 꾸벅 인사를 했지만, 엄마는 받아주지 않았다. 오히려 더 깊게 팔짱을 끼고 냉랭한 표정을 지으며 꼿꼿하게 서 있었다. 어쩔 수 없이 나는 정우에게 짧은 인사를 건네고 엄마에게 달려갔다. 엄마는 휙 돌아서 앞서 걸었다. 나는 쭈뼛거리며 따라갔다. 정우가 멀찌감치 서서 우리를 꽤 오랫동안 지켜보고 있었다.

* * *

"그러게, 내가 학교 가지 말라고 했잖아! 오늘은 그 정도로 넘어 갔지만, 내일은 또 무슨 일을 당할지 모른다고!"
"이젠 괜찮아요. 그러니까 전학 가야 할 필요는 없어요."
"도대체 왜 고집을 부리는 거야?"
"고집이 아니라 왜 도망을 가야 되는지 모르겠어요. 내가 잘못한 것도 없잖아요!"
"그래, 너 말 잘했다. 잘못한 것도 없는데 왜 그런 꼴을 당해야 하니? 그러니까 아무도 모르는 곳으로 가자는 거잖아!"
"언제까지 도망쳐야 하는 건데요? 이젠 그냥 나도 편하게 살고 싶어요. 장애만으로도 힘들어 죽겠는데 언제까지 남의 눈치까지 보며 살아야 하냐고요!"

"눈치 보면서 살면 어때? 이렇게 차별당하고 모욕을 당하며 사는 것보다 낫잖아!"

"엄마! 혹시 내 장애가 창피해요?"

하지 말았어야 하는 말을 내뱉고 말았다. 아니라고 도대체 왜 그런 생각을 하냐고 엄마가 되물어 주기를 바랐지만, 엄마는 정곡을 찔린 사람처럼 아무 말도 하지 못했다. 어느새 엄마의 눈가에 붉은 눈물이 올라오는 것이 보였다. 그리고 엄마 역시 하지 말았어야 할 말을 내게 던지고 말았다.

"너, 그 애 때문에 이러는 거니?"

"누구?"

"아까 같이 있던."

"정우?"

"그 아이랑 너도 처지가 같다고 생각하는 거야?"

"그게 무슨 말이에요!"

"설마 그 아이랑 친구라도 되겠다는 건 아니지?"

"왜요? 그러면 안 되는 이유라도 있어요?"

"그런 아이와 어울리면 너도 진짜 장애인이 되는 거야!"

"엄마, 나 진짜 장애인이에요!"

"아니라고! 너는 장애인이 아니라고!"

엄마는 결국 울음을 터뜨렸고, 나는 그런 엄마를 위로할 힘이 없었다. 어쩔 수 없이 나는 우는 엄마를 두고 내 방으로 들어왔다. 가슴은 아리고 머리는 터질 것 같아 창문을 열고 묵직한 밤공기를 맡았지만, 상처받은 마음은 조금도 나아지지 않았다. 그나마 다행인 것은 아까 맞았던 복부의 통증이 느껴지지 않는다는 것이다. 상처는 상처를 덮고 아픔은 또 다른 아픔을 잊게 만드는 걸까? 그렇다면 나는 또 어떤 상처를 받아야 지금의 이 상처를 완전히 잊을 수 있을까?

* * *

"어제 엄마가 다녀가신 거 알고 있지?"

"네."

"그래. 선생님이 궁금한 건 너도 같은 생각인지 알고 싶은 거야."

"저는 전학 가고 싶지 않습니다."

"엄마는 걱정을 많이 하시는 것 같던데."

"네, 하지만 전학까지 갈 생각은 없어요."

"그래. 네가 그렇다면 어쩔 수 없지. 근데 선생님이 먼저 알고 있어야 했는데 그런 식으로 아이들이 먼저 알게 돼서 걱정이구나. 정말 괜찮겠니?"

"네, 하지만 앞으로 그런 일이 또 생긴다면 선생님께 도움을 요청드리겠습니다."

"그래, 그래야지. 선생님도 주의 깊게 지켜볼 테니까 너무 걱정하지는 말고."

"네. 감사합니다. 그런데요, 선생님!"

"어, 그래."

"저 체육 수업에 참여했으면 하는데요."

"음, 그거는 좀 더 생각해 보자. 지금 이런 상황에서 네가 수업 중에 다치기라도 하면 문제가 더 커질 수 있거든."

"아, 네."

"무슨 말인지 이해하지?"

"네."

담임선생님과 상담을 마치고 나오자, 정우가 기다리고 있었다. 정우는 시무룩한 내 얼굴을 보더니 웃으며 말했다.

"왜 또 그렇게 심각한 얼굴이야?"

"넌 또 뭐가 그렇게 웃기냐?"

"어제도 말했지만, 너는 매사에 너무 심각해."

"넌 너무 가볍게 생각하는 것 같지 않아?"

"어차피 남들보다 무거운 짐을 가지고 살아야 하는데, 좀 가볍게 살면 좋잖아!"

"그래. 그럴 수 있는 네가 나도 부럽다."

"근데 왜? 담임이 뭐라고 했어?"

"엄마가 또 전화했나 봐. 그래서 전학 안 간다고 분명하게 말씀드렸지."

"그랬더니?"

"선생님도 그러는 게 좋겠다고 했어."

"그럼 잘 된 거 아냐?"

"근데 앞으로 체육 시간에 참여하고 싶다고 했더니, 그건 좀 더 생각해 보자고 하시네."

"그건 선생님 말이 맞아. 그러다 너 다치기라도 하면 아마 너희 엄마가 강제 전학시킬걸?"

"그럴까?"

"그렇다니까."

"정말 걱정이야. 우리 엄마."

"엄마들은 자식을 지나치게 사랑해서 필요 이상으로 걱정하는 경향이 있지."

"너희 엄마는 안 그러는 것 같던데?"

"우리 엄마도 그래. 근데 사람마다 사랑하는 방식은 다른 것 같아."

"사랑하는 방식?"

"우리가 서로 외모가 다르고 성격이 다른 것처럼, 사랑하고 아끼는 방식도 다 다른 것 같더라. 어쨌든 너를 더 걱정하고 보호하고 싶은 사람은 엄마잖아. 얼마 전까지만 해도 널 보호하는 방식이 너와 같았는데, 지금은 네가 변했고 엄마는 여전히 그 방법이 최선이라고 생각하는 거지."

"그럼 이제 난 어떻게 해야 할까?"

"기다려 보자. 엄마한테도 시간이 좀 필요할 테니까."

"그런 의미에서 오늘 너희 집에 가도 될까?"

"나야 좋지. 근데 오늘 너 학원 수업 있잖아."

"오늘 특강이 있긴 한데 추가 수업이라 빠져도 괜찮을 것 같아."

"그래. 근데 왜 갑자기?"

"지난번에 너희 엄마한테 인사도 제대로 못 드린 것 같아서."

정우는 그제야 이해한 듯 뿌듯한 미소를 지으며 내 어깨를 툭 하고 장난스럽게 쳤다. 정우를 따라 나도 웃었지만, 어쩐지 긴장되기도 했다. 정우 엄마가 이런 나를 어떻게 받아들일지 걱정이 되었기 때문이다.

정우와 함께 교실로 들어서자 이상한 정적이 흘렀다. 어제 우리를 괴롭혔던 아이들은 눈이 마주치자 시선을 피하며 자기들끼리 속닥거렸다.

"괜찮을까?"

"괜찮을 거야. 그렇게 못된 애들 같지는 않거든."

정우의 말을 믿고 조용히 자리에 앉았지만, 역시나 아이들이 수군대는 소리는 점점 더 커졌다.

"지들끼리 진짜 힘을 합쳤나 본데?"

"그러게. 좀 웃기다."

"둘이 아주 보기 좋은 바퀴벌레 한 쌍이다."

"왜 그거 있잖아. 어려운 말로. 동, 동!"

"똥이나 싸?"

"아니, 그거 말고!"

"동병상련!"

정우가 아무렇지도 않게 대답해 주자 수군거리던 아이들은 뜨악했는지 입을 다물었다. 덕분에 나는 긴장이 풀어져 웃음이 났다. 정우의 그런 엉뚱함이 부럽고 고맙기까지 했다. 어쩌면 나도 정우처럼 살 수 있을지 모른다는 희망이 생기는 것 같았다.

"근데 정우 넌 언제부터 그렇게 자신감이 넘쳤던 거야?"

"내가 그래 보여?"

"응. 처음부터 그랬어. 그래서 아이들이 더 눈엣가시처럼 본 거잖아."

"몸이 불편한 사람은 좀 당당하면 안 되는 건가?"

"어쩌면 장애인에 대해 일반 사람들은 묘한 우월감 같은 게 있는 걸지도."

"우월감이라기보다 일종의 선입견이겠지."

"그래, 어쩌면 나조차도 그랬으니까. 어쨌든 속상하네."

"그럴 필요 없어. 나도 처음에는 답답하고 속상했는데, 그런 시선은 충분히 바뀔 수 있다고 생각하거든."

"바뀔 수 있다고?"

"사람들의 시선이나 주어진 환경을 당장 바꿀 수 없다면, 먼저 나 자신부터 바꾸면 되지 않을까?"

"내가 바뀐다고?"

"세상을 바꾸는 것보다 나 자신을 바꾸는 게 훨씬 가능성이 높은 일이잖아."

"그렇긴 하지."

나는 고개를 끄덕였다.

"더 구체적으로 말하면 사람들이 왜 나를 저렇게 볼까를 생각하기 전에 내가 지금 이 상황을 바꿀 수 있는 최선의 방법은 뭘까를 생각했다는 거지."

"혹시 그 방법이 너한테는 공부였던 거니?"

"응. 내가 그때 할 수 있는 최선은 공부밖에 없었거든. 그렇게 내가 먼저 달라지고 나니까 사람들도 함부로 대하지 못하더라. 덕분에 어느 정도 자신감도 얻은 거 같고."

"근데 사람들은 왜 그렇게 우리 같은 사람들에게 적대감을 가지는 걸까?"

"나는 오히려 적대감보다 우리 존재 자체를 동정하는 시선이 더 싫어. 그건 말 그대로 일종의 우월감 같은 거니까.

적대감은 오히려 이해가 되잖아. 아니 엄밀히 말하면 직대감이 아니라 낯섦에 대한 반감이겠지. 어쩌면 사람들은 익숙하지 않은 것을 두려워하는 걸지도 모르겠어. 무지에서 오는 공포감이랄까?"

"음, 그럴 수도 있겠네."

"자신들과 다르니까 불편하고 보고 싶지 않은 거고, 같은 사회구성원으로 받아들이고 싶지 않은 거지."

"다르다는 게 그렇게 무서운 거였나?"

"근데, 그런 건 또 사회적 인식이 변하면 쉽게 해결될 수 있는 문제라고 생각해. 장애가 없는 사람이라 해도, 모든 걸 다 잘할 수는 없잖아. 그래서 서로가 모자란 부분을 채워가면서 함께 살아가는 건데, 장애인은 무조건 도움을 받아야 하는 골칫거리로만 생각하니까 문제인 거지. 장애인도 사회구성원으로 충분히 도움을 주고받을 수 있는 사람이라는 인식을 심어주는 게 중요해. 그러기 위해서는 제대로 된 사회적 시스템이 필요한 거고. 해외 선진국들 사례를 보면 그렇잖아."

"아무래도 우리는 아직 갈 길이 너무 먼 것 같다."

"그래서 하는 말인데, 내 목표는 그런 사회적 시스템을 만드는 사람이 되는 거야."

"와우! 근데 그런 시스템을 만들려면 어떻게 해야 하는 거지?"

"일단 공부를 열심히 해서 사회 시스템을 바꿀 만한 능력이 있는 사람이 되어야 하지 않을까?"

"능력 있는 사람. 그래 그거 탐난다."

"실은 나도 아직 구체적인 방법은 없어. 일단 뭐든 할 수 있는 능력을 갖춰보자는 거지."

"근데, 정우야! 전부터 나 진짜 궁금한 게 하나 있어."

"뭔데?"

"굳이 우리 학교로 전학을 온 이유는 뭐야? 그것도 능력 있는 사람 되기 위한 계획의 일부인가?"

"아무래도 시스템을 바꾸고자 하는 일은 바로 할 수 없잖아. 그래서 지금 당장 내가 할 수 있는 일은 무얼까 고민해 봤어. 우리 같은 아이들은 특수학교라는 울타리 안에서 보호도 받지만 그 보호 때문에 사회로부터 점점 더 고립되는 것 같기도 해. 아까도 말했지만, 눈에 띄지 않고 마주할 기회가 없어서 가지게 되는 낯섦이 적대감이나 두려움으로 표현되는 것 같거든. 그래서 그냥 한 번 부딪혀 보고 싶었어.

나 같은 사람들을 자주 보고 함께 지내다 보면 편견의 시선이 조금이나마 바뀔 수 있지 않을까 싶어서. 물론, 그것 때문에 이런 식으로 미움을 받게 될 줄은 몰랐지만."

"그러게. 참 쉽지 않네."

"그래서 하는 말인데, 수호야. 어쩌면 너희 엄마도 그런 두려움 때문에 너와 다른 선택을 한 걸지도 몰라."

정우의 말에 나는 걸음을 멈췄다. 정우네 집에 다 온 것 같기도 했지만, 엄마의 고집이 정말 두려움 때문인지 모르겠다는 생각이 들었기 때문이다. 때마침 아파트 현관 앞에 정우 엄마가 서 있었다. 내가 온다고 미리 연락을 한 모양이다.

당황스러웠던 첫 만남과는 다르게 나는 정우 엄마에게 정중히 인사를 드리고 집으로 들어갔다. 그 누구도 그날 그 일에 대해서 말을 꺼내지 않았지만, 어색하거나 불편한 마음이 들지는 않았다. 오히려 서로가 서로를 응원하고 있다는 느낌이었다. 그리고 이런 마음을 우리 엄마도 함께 나눌 수 있으면 좋겠다는 생각이 들었다.

* * *

"엄마, 나 학원을 좀 바꾸고 싶어요."

"학교가 아니고?"

"그 얘긴 끝난 거 아니었어요? 아빠도 동의했잖아요."

"엄만 아직 아니야."

"엄마, 나 정말 괜찮아요. 이젠 선생님도 아셔서 친구들도 예전처럼 굴지 않아요."

"그래, 지금 당장은 그럴 수 있지. 자기들 공부하기도 벅찰 테니까. 그런데 이런 과정을 평생 겪어야 한다고 생각해 봐. 네가 대학을 가건, 취업을 하건, 결혼할 때도 계속 이런 과정을 거치고 너를 받아주는 사람과 받아주지 않는 사람을 구분해 가면서 살아야 하잖아."

"그럴 수밖에 없으면 그래야죠. 어떻게 매번 사람들을 속이고 멀쩡한 사람처럼 살아요?"

"넌 진짜 괜찮은 거야?"

"네, 정말 괜찮아요. 부디 엄마도 괜찮았으면 좋겠어요."

엄마의 눈가에 눈물이 핑 도는 것이 보였다. 정우의 말처럼 엄마도 두려웠을 것이다. 엄마조차 경험하지 못한 인생을 아들인 내가 평생 살아가야 한다는 사실이 여전히 믿기 힘들었을 것이다. 엄마는 눈물을 보이기 싫었는지 나를 왈

칵 껴안으며 말했다.

"에고, 우리 아들 언제 이렇게 컸니?"

"엄마보다 큰지는 한참 되었거든요?"

"그래, 우리 아들이 이렇게 컸는지 몰라서 정말 미안해."

"그러니까 이제 제 걱정 그만하세요."

"근데 학원은 어디로 바꾸고 싶은 건데?"

"저번에 엄마가 말했던 학원으로."

"갑자기 왜? 그땐 싫다고 하더니"

"이젠 공부를 제대로 해보고 싶어서요."

"그거 주말엔 종일반이라 힘들 텐데, 괜찮아?"

"이젠 저도 목표가 생겼거든요."

"오, 그래? 그런 거라면 환영이지. 그럼 오늘 엄마가 학원 가서 알아보고 등록해 볼게."

"네, 그럼 학교 다녀오겠습니다."

엄마와 화해하고 나니 등굣길 발걸음이 너무도 가벼웠다. 하늘의 구름도 햇살도 청량하게 느껴졌고, 온 세상이 나를 위해 돌아가는 것 같은 착각도 들었다. 그동안 한쪽 귀와 한쪽 눈으로 살아가던 나는 어쩌면 한쪽 세상이 아니라 세상 자체를 외면하고 살았는지도 모르겠다.

　　　　　　　　＊　＊　＊

　학기말 시험이 끝나고 교실은 또 한바탕 소동이 벌어졌다. 정우가 어김없이 1등을 하고 내가 무려 4등을 했기 때문이다. 언제나 10등 밑을 맴돌던 실력이었는데, 나조차도 놀라웠다. 성적이 오른 이유는 학원을 바꾼 것도 있었지만, 정우의 도움이 무엇보다 컸다. 자신의 목표를 두고 공부해야 한다는 사실과 함께 공부의 효율성을 높이는 방법을 알려줬기 때문이다.

　시험 결과가 발표되고 난 뒤 우리는 사실 걱정이 되기도 했다. 지난 중간고사 때처럼 반 아이들에게 맹목적인 비난을 받을지도 모른다는 생각 때문이었다. 다행스럽게도 이번에는 아무 일 없이 조용히 지나갔다. 아이들은 이제 정우와 나란 존재를 어느 정도 받아들이고 있는 것 같았다. 어쨌든 덕분에 정우와 나는 계획했던 다른 일을 무리 없이 추진할 수 있었다.

　"정말 괜찮겠니?"

　"네, 그럼요."

　"정우도?"

"물론이죠."

"사실 선생님의 걱정은 너희들이 아니라 반 아이들의 태도야. 너희들이 체육 수업에 참여하겠다는 건 어느 정도 아이들의 배려도 필요하니까. 이해하니?"

"네, 선생님. 아이들도 저희를 받아들일 마음의 여유가 생긴 것 같아서 말씀드린 거예요."

"좋아. 그럼 일단 체육 선생님과 상의를 해볼게. 근데, 체육 선생님이 어렵다고 하면 선생님도 어쩔 수가 없다. 무슨 말인지 알지?"

정우와 나는 대답 대신 고개를 끄덕였다. 남들과 다른 사람들이 무언가를 하기 위해서는 이렇게 많은 사람들의 동의와 배려를 구해야 한다는 사실이 놀라웠다. 그나마 다행인 것은 반 아이들의 태도 변화를 아주 미세하게 느꼈다는 거다. 처음부터 각을 세웠던 아이들의 눈초리는 조금씩 호기심으로 변하더니 어느 순간부터는 우리들만의 영역을 인정해 주는 것 같은 인상을 받았다. 지금은 우리를 낯설지 않게 여겨주는 것만으로도 감사했다. 한고비가 넘어갔다고 생각되자 우리는 체육 시간마다 실감해야 하는 우리의 핸디캡을 모두 드러내놓고 싶었다. 설사 그것이 모두에게 불편한 일이 될지라도. 그래야만 서로를 배려하고 배려받으며 살 수 있는 공동체 일원이 될 수 있다고 믿었다.

"정우 너는 나보다 더 힘들 수도 있을 텐데 괜찮겠어?"

"사실 걱정은 되지. 분명 나 때문에 불편하다고 말하는 친구들이 나올 테니까."

"불편하다고 말해주면야 감사하지. 문제는 일부러 너를 다치게 만들 수도 있다는 생각이 들어서 그게 걱정이야."

"뭐 그러면 어쩔 수 없는 거고. 그땐 또 다른 방법을 생각하면 되지."

정우는 불편한 자신의 다리를 툭 치며 개구쟁이처럼 웃었다. 웃음이 나오느냐고 묻고 싶었지만, 이번에는 그러지 않았다. 이젠 정우의 미소가 어떤 의미인지 알 것 같았다. 어차피 우리는 살면서 이런 순간을 수도 없이 겪으며 살아갈 것이다. 그리고 그때마다 정우처럼 가볍게 웃으며 극복할 방법을 생각해 낼 것이다. 그러다 보면 처음에는 어렵게 여겨지던 순간도 그전보다는 쉬워지겠지. 정도의 차이는 있겠지만 그렇게 아주 조금씩 나아지리라 믿었다. 그게 지금 내가 가진 최소한의 바람이자 소망이었다.

* * *

며칠 뒤 체육 선생님의 넓은 아량으로 정우와 나는 처음으로 체육 시간에 체육관으로 나갈 수 있었다. 체육 선생님은 앉아 있더라도 교실에 앉아 있는 것보단 나을 것 같아서 우리를 불렀지만, 위험할 수 있는 운동은 그저 참관만 해달라고 신신당부했다. 처음으로 체육 수업에 참여하게 된 정우는 긴장했는지 체육관에 들어서자마자 내 팔을 잡아당겼다. 정우 역시 나처럼 여러 가지 생각이 드는 모양이었다.

오늘 수업은 팀을 나눠 배구공으로 하는 피구였다. 그렇다면 우리는 참관이나 해야겠구나 싶었는데, 시합 전에 공을 던지고 받는 연습을 한다고 했다. 덕분에 정우와 나는 짝이 되어 공 던지는 연습을 할 수 있었다.

"수호, 너는 공 좀 던지는데?"

"던지는 건 괜찮은데 초점이 안 맞아서 공을 받기가 어려워."

"난 초점은 잘 맞는데 팔다리가 말을 잘 안 듣네. 하하!"

바보들의 게임처럼 우리의 동작은 무척 어설펐지만, 어느 순간부터 우리는 서로의 모자란 점을 보완해 주었다. 옆에서 신나게 공 던지기를 하는 아이들을 보자, 그들과 우리 사이에 보이지 않는 어떤 선이 그어져 있는 것 같았다. 아이들이 그 선을 넘어올 일이 없을 거라고 생각하자 마음이 착잡했다. 그때 누군가의 고함소리가 들렸다. 궤도를 이탈한 공이 내게 날아오고 있었기 때문이다. 어찌할 바를 몰라 하다가 나는 그냥 머리를 감싸고 자리에 주저앉았다. 다행히 선을 넘어온 공은 저만치에 떨어져 싱겁게 굴러갔다.

"미안, 손이 빗나가는 바람에. 다친 데는 없지?"

"어, 괜찮아!"

선을 넘은 공의 주인공은 반장이었다. 반장은 진심으로 미안한 얼굴로 사과하며 공을 주우러 아이들과 우리 둘 사이에 놓여 있던 보이지 않는 선을 넘어왔다. 반장은 우리를 늘 못마땅하게 여기는 것 같았는데 아무렇지도 않게 그 선을 넘어와 말을 거는 모습을 보니 왠지 기분이 이상했다. 어쩌면 나도 반장에 대해 편견을 가지고 있었던 것은 아닐까? 체육 선생님의 호루라기 소리와 함께 공 주고받기 시간이 끝났다.

어느새 아이들이 고대하던 팀 대항 피구가 시작되었다. 비록 나와 정우는 나란히 벤치에 앉아 구경하는 신세였지만, 이것만으로도 가슴이 뻐근했다. 아슬아슬한 시합 덕분인지 모르겠지만 어느새 나는 아이들과 함께 함성을 지르고 있었다. 여름 하늘에 피어오른 뭉게구름처럼 내 마음도 그렇게 몽실몽실 피어올랐다.

비를 부르는 아이

정명섭

"아버지! 아버지!"

영근이는 있는 힘껏 아버지의 이름을 불렀다. 문밖으로 나가려다가 옆에 놓인 요강을 엎었지만 닦을 틈도 없었다. 힘겹게 문고리를 잡아 열어젖히고는 마루로 기어 나왔다. 그리고 목청껏 아버지를 불렀다.

"아버지!"

부엌 뒤쪽에 있는 텃밭 쪽에서 아버지의 헛기침 소리가 들렸다.

"영근아! 나 여기 있다. 보이냐?"

아버지의 조심스럽고 걱정스러운 물음에 영근이는 무너지는 목소리로 대답했다.

"아뇨. 안 보입니다. 아버지."

억장이 무너지는 아버지의 얼굴은 보이지 않았지만 냉이 꺼져라 내쉬는 한숨 소리는 어렵지 않게 들을 수 있었다. 아버지가 마루에 걸터앉으면서 삐걱거리는 소리가 들렸다. 그리고 자신의 손을 감싸 쥐는 아버지의 두툼한 손길이 느껴졌다.

"드디어 올 게 왔구나. 이를 어쩌면 좋으냐. 껵껵."

나이 든 아버지는 체통도 잃은 채 목 놓아 울었다. 아버지의 울음소리에 영근이의 가슴도 무너져 내렸다. 언제부터 눈이 나빠졌는지는 정확하게 기억나지 않았다. 작년에 돌아가신 어머니 말로는 어릴 때 기어다니다가 자주 벽에 부딪쳤다고 한 걸 보면 오래전부터 눈이 안 좋았던 게 분명했다.

시간이 흘러도 상황은 비슷했다. 늘 앞이 뿌옇게 보였고 자주 넘어지곤 했다. 친구들의 놀림이 이어졌고 자연스럽게 집 안에서만 지내야 했다.

어머니는 아들의 눈이 보이게 해달라며 절에 가서 치성을 드리기도 하고 용하다는 의원을 찾아 먼 길을 마다하지 않고 가서 약을 구해 왔다. 늦은 나이에 어렵게 낳은 외아들이 앞이 보이지 않는다고 하자 억장이 무너진다는 말도 자주 했다. 그러면서도 어떻게든 앞을 볼 수 있게 해주겠다고 입버릇처럼 말하곤 했다.

"내가 전생이 무슨 죄를 지었는지 모르겠지만 그 업보를 너한테까지 물려주지는 않으마."

하지만 이런 어머니의 노력에도 불구하고 영근이는 점점 앞을 보기가 힘들었다. 눈먼 아들을 돌보는 데 지쳤는지 어머니는 지난해 병에 걸려 세상을 떠나고 말았다. 세상을 뜨기 전 어머니는 울고 있는 영근이의 손을 쓰다듬으며 말했다.

"네가 눈을 뜰 수만 있다면 죽어도 소원이 없다고 했는데…… 흑, 내가 죽거든 많이 울어다오. 그러면 눈이 보일지도 모르겠구나……"

그 말 때문이 아니더라도 영근이는 어머니의 장례식날 눈이 터져라 울었다. 하지만 여전히 눈앞은 흐릿했고 오히려 더 나빠졌다. 그리고 오늘 아침에는 이제 아무것도 보이지 않게 되었다. 망연자실하던 아버지의 떨리는 목소리가 들렸다.

"여, 영근아. 아비는 늙고 힘이 없어 앞이 보이지 않는 너를 보살펴주기 힘들구나. 그렇다고 널 버리거나 쫓아낼 수도 없으니, 그만 우리 둘이 같이 죽자꾸나."

"아, 아버지!"

놀란 영근이가 소리쳤지만 아버지는 아무 대꾸도 하지 않았다. 그리고 부엌의 문틀이 삐걱거리는 소리가 들렸다. 아무래도 칼을 가지러 간 것 같았다. 영근이는 무섭고 놀라 얼른 방으로 들어가서 문을 닫았다. 둥근 문고리를 삽고 버텼지만 종이와 얇은 나무로 된 문살이 얼마나 견딜지는 자신할 수 없었다. 잠시 후, 문이 거칠게 흔들리며 아버지의 울먹이는 목소리가 들렸다.

"영근아. 그만 다 포기하자. 너를 데리고 살 자신이 없다. 나는."

"아버지, 저는 죽고 싶지 않아요. 같이 살아요. 아버지!"

"아니다. 도무지 방법이 없다. 영근아. 네 어미한테 같이 가자꾸나."

아버지가 쿨럭, 기침을 했다. 하지만 영근이가 끝까지 버티자 아버지는 칼로 문을 쑤셨다. 종이를 뚫는 칼날의 서걱거리는 소리는 아무것도 볼 수 없는 영근이의 귀에 생생하게 들렸다. 그러다 칼날이 문고리를 잡고 있던 영근이의 손등을 찍었다. 아픔과 놀라움에 하마터면 문고리를 놓칠 뻔

했지만 간신히 아픔을 참고 버텼다. 그리고 필사적으로 외쳤다.

"아버지! 저는 살고 싶어요. 죽고 싶지 않다고요!"

"아이고, 나도 죽고 싶지 않다. 그런데 살 방도가 있니? 나는 늙고 병들었는데 너는 앞이 안 보이고. 말해 봐라. 우리가 어떻게 살 수 있겠니."

아버지의 눈물 섞인 물음에 영근이는 아무런 대답도 할 수 없었다. 아버지 말대로 살아갈 방도가 없었기 때문이다. 결국 아무 말 못 하고 눈물만 뚝뚝 흘리는데 다시 아버지가 말했다.

"그러니 문 열어라. 너를 죽이고 따라가마. 나도 고단하다. 고단해."

넋두리 같은 아버지의 얘기를 들으면서 영근이는 하마터면 문을 열 뻔했다. 하지만 살고 싶다는 생각이 번갯불처럼 번뜩이면서 문고리를 더 세게 잡았다. 그때 밖에서 다른 목소리가 들렸다.

"아니, 엄 서방! 지금 뭐하고 있는 건가?"

목소리의 주인공은 같은 마을에 사는 곽 씨 아저씨였다. 아버지처럼 마포 나루터에 들어오는 배들의 짐을 실어 나르는 일을 하는데 친하게 지내서 종종 집에 찾아오곤 했다. 허약한 아버지가 그나마 일을 할 수 있었던 것도 곽 씨 아저씨 덕분이었다. 아버지가 한숨을 쉬면서 대꾸했다.

"아들놈이 드디어 앞이 안 보인다고 하는구만. 흐흑. 그래서 먼저 보내고 나도 뒤따라가려고 하네."

"아이고, 이를 어쩌나. 자네 안사람이 그렇게 아들 눈 고치겠다고 안간힘을 썼는데……."

"나도 이제 나이 먹고 병들어 아프지 않은 곳이 없는데 아들 녀석까지 저렇게 되니 사는 게 막막하지 않나."

"아무리 그렇다고 해도 자기 자식을 해하려고 하면 어째. 부처님께서 용서하지 않을걸세."

곽 씨 아저씨가 아버지를 다독였다.

"안 그래도 죽고 싶지 않다고 문고리를 잡고 저리 버티고 있네. 아이고, 내 팔자야."

"자자, 그러지 말고 나랑 얘기 좀 하세. 그 칼은 여기 내려놓고."

"자네 얘기를 듣는다고 무슨 살 방도가 있는 것도 아니지 않나."

아버지의 한탄에 곽 씨 아저씨가 혀를 찼다.

"어허, 자고로 하늘이 무너져도 솟아날 구멍이 있다고 하지 않았나. 내가 마침 들은 얘기가 있어서 왔는데 조금만 늦었어도 큰일 날 뻔했구먼."

"솟아날 구멍?"

"그래, 명통시라고 들어봤는가?"

"처음 듣는데 그게 뭔가?"

아버지의 대답을 들은 곽 씨 아저씨가 방 안에 있는 영근이도 들으라는 듯 크게 말했다.

"한성 북부 명통방에 있는 맹인을 위한 관청일세."

"그런 관청이 있다고?"

"나도 얼마 전에 들었네. 긴가민가했는데 엊그제 객주에 머물던 한성 사람이 명통방에 살고 있어서 물어봤더니 정말이라 하더라고."

"거기에 가면 살 방도가 있다는 말인가?"

"나라에서 맹인을 모아서 기우제를 지낼 때 독경을 외우게 하거나 점을 치는 일을 가르쳐 준다고 하네. 일을 잘하면 관리에도 임명이 된다고 하고."

"그, 그게 정말인가?"

아버지가 떨떠름한 목소리로 묻자 곽 씨 아저씨가 껄껄

웃었다.

"그동안 남한테 속고만 살았는가? 나랑 같이 가보세. 아들 데리고."

고민을 하는 것인지 잠시 침묵하던 아버지가 문고리를 잡고 있던 영근이에게 말했다.

"영근아! 아저씨 말 대로 살 방도가 있는지 가보자. 만약 방법이 없으면 너랑 나는 기필코 죽을 수밖에 없으니 그때는 이해해 다오."

당장은 위기를 넘겼다는 생각에 영근이는 꽉 움켜쥔 문고리를 천천히 놓고 문을 열었다. 이제는 볼 수 없는 마당의 바람이 슬쩍 밀고 들어왔다.

* * *

밖으로 나가는 준비는 평소보다 더 오래 걸렸다. 눈이 보이지 않는다는 것이 얼마나 불편하고 고통스러운 일인지는 이미 알고 있었지만 완전히 보이지 않게 되면서 더더욱 힘들었다. 겨우 바지에 행전을 차고, 손으로 더듬어 짚신을 신었다. 그걸 지켜보던 아버지가 어디론가 갔다가 발을 질질 끌고 돌아왔다. 그리고 영근이의 손에 나무 지팡이를 쥐여 주었다.

"어디서 난 지팡이인가?"

곽 씨 아저씨의 물음에 아버지가 대답했다.

"집사람이 가져온 거야. 대추나무로 만든 지팡이라나 뭐라나. 아들이 눈이 완전히 안 보이면 의지해야 할 게 필요할 거라고 해서 내가 화를 냈었지. 당장 갖다 버리라고 말이야. 그런데 이걸 진짜 쓰게 될 줄은 몰랐네 그려."

어머니가 남겨준 대추나무 지팡이를 손에 든 영근이는 바닥을 두드리며 발걸음을 떼었다. 이전에도 눈앞이 희미할 때 손으로 더듬거나 부모님의 손을 잡고 움직인 적이 있었지만, 아예 안 보인 채 다니는 건 여러모로 달랐다. 싸리 대문 위치를 찾지 못하고 담장에 부딪쳤다가 문밖에 있는 큰 바위에 걸려 넘어질 뻔했다. 물이 고인 웅덩이를 보지 못해 짚신과 버선이 젖기도 했다.

뒤따라오는 아버지의 한숨은 돛단배를 움직일 정도로 거셌다. 그래도 보였을 때의 기억을 더듬으며 앞으로 나아갔다. 다행히 겨울이 끝나고 봄이 한창이라 그런지 땀도 나지 않고 추위도 느껴지지 않았다. 신기한 것은, 보이지 않

게 되자 귀와 코로 알 수 있는 것들이 많아졌다. 포구를 지날 때는 배의 젖은 나무 냄새를 맡을 수 있었고, 갈매기가 날개를 퍼덕거리는 소리도 들렸다. 그뿐만이 아니었다. 오가는 사람들의 말소리가 예전보다 더 선명하게 생생하게 들렸다.

'앞이 안 보이니까 귀와 코가 더 열리는구나.'

아버지와 곽 씨 아저씨는 앞장서서 걸으며 일부러 이런저런 소리를 냈다. 영근이는 지팡이로 더듬더듬 바닥을 두드리면서 둘을 따라갔다. 눈이 완전히 보이지 않으니까 한 가지 좋은 점은 있었다.

'이상하게 쳐다보는 사람들의 시선을 느끼지 못하겠어.'

숭례문을 지났다. 한양 안으로 들어서자 몇 배는 더 시끄러웠다. 좁은 길에 사람들이 몰리면서 내는 소리가 증폭된 것이다. 영근이는 얼굴을 찡그린 채 신경을 집중했다. 그렇다고 보이는 건 아니었지만 적어도 주변에 뭐가 있는지 짐작할 수는 있었다. 하지만 익숙하지 않은 탓에 몇 번이고 사람들과 부딪치고 바닥에 튀어나온 돌부리에 걸려서 넘어질 뻔했다. 그런 영근이를 지켜보는지 간간이 한숨을 쉬던 아버지가 곽 씨 아저씨에게 물었다.

"그 명통시라는 곳은 어디에 있는가?"

"북부 명통방이라는 곳에 있다고 들었어. 그래서 명통시라는 이름을 지었다고 하던데 말이야."

"눈이 먼 소경들이 뭘 하고 먹고 살 수 있겠나? 농사도 못 짓고 장사도 못 하는데. 그나마 짚신을 만드는 정도로는 먹고 살기 힘들지. 쯧."

혀를 차는 아버지의 목소리에 뒤이어 곽 씨 아저씨의 대답이 들렸다.

"원래 앞이 안 보이면 특별한 능력이 생긴다고 하잖아. 그러니까 자꾸 죽을 생각만 하지 말란 말이야. 어쨌든 맹인을 판수라고도 부르는데 대체로 점을 쳐서 길흉화복을 알려주거나 독경을 해서 비가 내리는 걸 기원해 주는 걸로 먹고 산다고 하더군."

"그런 걸로 먹고 살 수가 있나?"

"홍계관이라는 맹인 점쟁이가 있는데 앞날을 맞추는 능력이 기가 막힌다고 하더라고. 점만 잘 치면 먹고사는 데 별 지장이 없지. 그러니까 아직 절망하지는 말게. 하늘이 무너져도 솟아날 구멍은 있단 말일세."

"앞이 안 보이는데 사람의 앞날을 맞출 수 있다니, 정말 기이하군. 하지만 우리 영근이에게 그런 재주가 있겠어?"

아버지는 여전히 걱정스러워했다. 그러자 곽 씨 아저씨가 염려하지 말라는 듯 큰소리를 쳤다.

"걱정 말고 일단 가보세. 가 봐야 살길을 찾지 않겠나?"

유난히 목청을 높인 곽 씨 아저씨의 말에도 아버지는 여전히 미심쩍은 눈치였지만 가던 길을 계속 걸었다. 걸을수록 주변은 더욱 시끄러워졌고, 말소리도 요란해졌다. 짜증이 잔뜩 묻어난 말투부터 누군가와 얘기를 나누는 목소리, 부모님을 따라가는 아이들의 재잘거리는 목소리까지 세상의 모든 목소리를 들으며 걷던 영근이가 갑자기 발걸음을 멈췄다. 지팡이에 닿은 땅의 느낌이 달라졌기 때문이다.

"여기는 다리인가요?"

"아니, 여기가 다리인 줄은 어찌 알았어?"

곽 씨 아저씨가 놀란 말투로 중얼거렸다.

"지팡이에 닿은 느낌이 달라서요."

"맞아. 여기가 바로 광통교다. 여기를 건너서 조금 더 가면 명통방이 나오지."

"알겠습니다."

공손하게 대답한 영근이는 다시 지팡이로 바닥을 두드

리면서 보이지 않는 세상을 걸어갔다.

* * *

얼마나 걸었을까? 앞장서 걷던 두 사람이 걸음을 멈추는 게 느껴졌다. 일정하게 들리던 짚신이 땅을 밟는 소리가 사라졌기 때문이다. 그 사이에 영근이는 아버지의 발을 질질 끄는 소리와 곽 씨 아저씨의 쾅쾅거리는 발소리를 구분할 수 있었다. 두 사람이 동시에 발걸음을 멈춘 걸 보면 목적지인 명통시에 도착한 모양이었다.

"다 왔어요? 아버지?"

"그래. 여기가 명통시라는구나."

"어떻게 생겼어요?"

"담장이 둘러쳐 있고, 안에는 큼지막한 전각이 있구나. 우리 마을에서 가장 큰 기와집보다 더 크다."

"안에 들어갈 수 있어요?"

"그게, 입구에 장대를 들고 지키고 있어. 앞에 맹인들이 보이는데 다들 들어가지를 못하는구나."

"내가 문지기랑 얘기를 좀 해보지. 앞으로 오게."

곽 씨 아저씨가 말했다.

사람들이 많아 위험하다며 아버지가 영근이의 팔을 잡았다. 영근이는 다른 손으로 지팡이를 잡고 바닥을 두드리며 앞으로 나아갔다. 그러다가 자기처럼 땅을 더듬는 다른 지팡이와 부딪쳤다.

"어, 죄송합니다. 제가 앞이 안 보여서요."

"나도 안 보이니까 미안하다고 하지 말게. 안 보이는 건 죄가 아니지."

"그렇군요. 고맙습니다."

"목소리를 듣자 하니 처음 온 것 같군."

묵직해서 제법 나이가 많은 듯한 목소리에 영근이가 가볍게 웃었다.

"네, 오늘부터 안 보였어요."

"어둠을 두려워하지 마. 그럴수록 더 어두워지니까."

알쏭달쏭한 말을 남긴 상대방은 목청을 가다듬더니 갑자기 외쳤다.

"신수들 보시오!"

그리고 작은 북소리가 들렸다. 신수를 보라는 목소리와 북소리는 일정하게 들리면서 차츰 멀어졌다.

"아버지! 지금 그분은 어떻게 생겼어요?"

영근이가 물었다.

"키는 크고 어깨도 딱 벌어졌네. 얼굴은 갸름한데 뺨에 상처가 있고. 수염도 곧게 뻗어 있어서 눈만 보였으면 장군감이었겠어."

"신수를 보라고 하는 걸 보면 점쟁이인가 봐요?"

"그러게. 뒤따르는 계집아이가 북을 치는구나. 검정색 발립에 백저포 차림으로 등에 하얀색 깃발을 꽂고 있구나."

영근이는 멀어져 가는 북소리와 아버지의 설명을 번갈아 들으면서 앞으로 자신에게 닥칠 삶을 생각해 봤다. 그 사이, 명통시로 갔던 곽 씨 아저씨가 돌아왔다.

"따라오게. 얘기가 잘 되었어."

"고맙네, 정말."

아버지의 떨리는 목소리를 들으며 앞으로 나갔다. 지팡이 끝에 계단이 느껴지자 계단의 높이와 크기를 짐작하면서 발을 내디뎠다. 다행히 올라가는 데 큰 어려움은 없었다. 다섯 개의 계단을 오르자 아버지의 목소리가 들렸다.

"앞에 문턱이 있다. 조심해서 넘거라."

"네, 아버지."

지팡이로 문턱을 확인한 영근이는 조심스럽게 넘어갔다. 안에서는 왁자지껄한 목소리가 들렸다. 독경을 외우는 것 같았는데 은은한 향냄새도 느껴졌다. 앞에서 곽 씨 아저씨의 목소리가 들렸다.

"훈도 어르신. 이 아이가 제가 얘기한 그 아이올시다."

잠시 후, 지팡이가 불쑥 다가오더니 영근이의 몸 여기저기를 꾹꾹 찔러보고 더듬었다. 머리에 상투가 없는 걸 확인한 상대방이 물었다.

"올해 몇 살이지?"

"여, 열세 살입니다."

"오늘 아침부터 안 보였다고?"

"네. 어릴 때부터 앞이 잘 안 보이긴 했는데 전부 안 보인 건 오늘이 처음입니다."

"여기까지는 어떻게 왔느냐?"

"아버지와 곽 씨 아저씨를 따라왔습니다. 두 분이 앞장서시고 저는 지팡이로 길을 확인하면서요."

"이전에 점을 치는 방법이나 독경을 외우는 법을 배운 적이 있느냐?"

"아뇨. 없습니다."

잠시 후, 혀를 차는 소리와 함께 상대방이 말했다.

"아이는 제법 말도 잘하고 목소리도 나쁘지 않군. 허나, 우리가 보살필 수는 없네."

"아니, 왜요? 아까는 데리고 오라고 하지 않았습니까? 훈도 어르신."

곽 씨 아저씨의 격앙된 목소리에 상대방이 차분하게 대답했다.

"이곳 명통시는 국초에 임금께서 친히 세우라고 명하신 관청일세. 그래서 선공감에서 전각을 지어주고, 땅과 노비도 하사받았지."

"그런데 왜 이 불쌍한 아이를 거두지 않으십니까?"

"도성과 인근에만 맹인이 거의 천여 명일세. 우리가 그들을 다 거둘 수는 없네. 보통은 태어날 때부터 앞이 보이지 않아서 걸음마를 떼기 전부터 독경을 외우고 점복을 배워. 그런데 저 아이는 열세 살이 되도록 아무것도 배우고 익히지 않았잖아."

"아니, 지금부터 배우면 되지 않습니까? 우리 아이가 비록 눈이 안 보여도 머리가 좋아서 금방 배우고 익힐 수 있습니다!"

아버지가 목소리를 높였다.

"나도 그렇게 생각하네. 그런데 눈이 보여야 뭔가를 배우고 익히지. 맹인은 어릴 때부터 서로 돕고 가르쳐줘서 할 수 있지만 저 아이는 그게 안 되잖아."

틀린 얘기는 아니라서 아버지는 말문이 막혔다. 잠시 후, 안타까움이 잔뜩 묻은 상대방의 목소리가 귀에 들렸다.

"돌아가게. 사정이 딱해서 얘기는 들어준다고 했지만 도무지 방법이 없구먼."

두 사람이 어쩔 줄 몰라 하는 당황스러움이 그대로 느껴지자 영근이는 바닥에 털썩 주저앉았다. 그리고 있는 힘껏 외쳤다.

"어머니는 작년에 돌아가시고 아버지는 늙고 병들었습니다. 명통시에서 도와주지 않으면 저는 살 방도가 없으니, 그냥 돌아가라고 한다면 여기서 목숨을 끊을 것입니다!"

그 말을 들은 아버지가 옆에 쭈그리고 앉았다.

"여, 영근아."

"저는 살고 싶습니다. 하지만 앞이 안 보여서 살아갈 수가 없다면 비굴하게 살아가느니 맑은 하늘 아래에서 스스로 목숨을 끊어 부모에게 효도하겠습니다."

"스스로 목숨을 끊는 것이 어찌 부모에게 효도한다는 말이냐? 자식이 죽으면 부모는 어디에다 시신을 묻을 수 있겠느냐?"

엄해진 상대방의 목소리에 영근이가 단호하게 대답했다.

"늙고 병든 아비의 수발을 받고 어찌 편안하게 살겠습니까? 저에게 살 방도가 있다고 해서 보이지 않는 길을 더듬어 왔습니다. 그런데 같은 맹인에게 이처럼 냉정한 얘기를 들으니, 하늘이 무너지고 가슴이 답답해집니다. 정녕, 앞이 안 보이는 게 죄입니까?"

영근이의 호통 같은 물음에 잠시 침묵을 지키던 상대방이 껄껄 하면서 크게 웃었다.

"그놈 참, 배포가 대단하구나. 나이가 있으니 점복을 배우기는 늦었고, 독경사가 되겠느냐?"

"독경사요?"

"그래. 나라에 어려움이 있을 때 독경을 외워서 풀어주는 역할을 하는 것을 독경사라고 한다. 요즘처럼 비가 오지 않으면 기우제를 지내고, 임금의 복을 빌어주고, 어가가 한양 밖으로 나갔다가 돌아오면 맞이하는 역할을 하지."

"독경은 어찌 외웁니까?"

"원래대로라면 여기에 며칠에 한 번씩 와서 독경사가 읊어주는 걸 따라서 외우지. 하지만 너는 이미 나이가 있으니 그렇게 배우기에는 너무 늦었어."

"그러면요?"

곽 씨 아저씨가 묻자 상대방이 소매에서 뭔가를 꺼냈다.

"독경할 때 가장 많이 쓰는 반야심경일세. 언문으로 되어 있는데 같이 온 두 사람 중 이걸 읽을 사람이 있는가?"

"제가 읽을 줄 압니다. 어릴 때 서당에서 잠깐 언문을 배웠습니다."

아버지가 대답했다.

"잘 됐군. 열흘 후에 다시 오게. 얼마나 외웠는지 시험을 보고 괜찮을 것 같으면 일거리를 주지. 내용과 뜻 모두 알고 있어야 하네."

"감사합니다. 훈도 어르신. 정말 감사합니다."

아버지는 몇 번이고 고맙다고 인사했다. 파도처럼 메아리치는 고맙다는 말 사이로 향냄새가 물씬 풍겨왔다.

* * *

집에 돌아온 아버지는 영근이와 마주 앉았다.

"하늘이 무너져도 솟아날 구멍이 있다고 하더니, 그 말이 사실이구나. 하지만 반야심경을 열흘 동안 외우지 못하면 그 구멍조차 메꿔지고 만다. 여기 너랑 나 사이에 칼을 꽂아놨다. 네가 열흘 동안 반야심경을 외우지 못하면 그때는 이 칼로 너랑 나랑 같이 죽는 거다."

처연한 아버지의 말에 영근이는 고개를 끄덕였다.

"제가 죽는 것도, 아버지가 죽는 것도 싫습니다. 최선을 다해서 외우도록 하겠습니다."

"그래. 우리 둘의 목숨줄이 여기 걸려 있으니 살아도 함께 살고 죽어도 함께 죽자꾸나."

목소리를 가다듬은 아버지는 낭랑한 목소리로 반야심경을 읽었다.

"관자재보살 행심반야바라밀다시 조견오온개공 도일체고액(觀自在菩薩 行深般若波羅密多時 照見伍蘊皆空 度一切苦厄)."

한 구절씩 따라 외우면서 되뇌던 영근이가 물었다.

"무슨 뜻입니까?"

"관자재보살이 반야바라밀다를 진심으로 실천하실 때, 모든 것이 공한 것을 밝게 깨닫고 온갖 고통에서 벗어나셨다는 뜻이라고 적혀 있어."

"알겠습니다. 다음 구절 읽어주세요. 아버지."

그렇게 아버지가 한 구절을 읽으면 영근이도 따라서 읽었다. 어린 시절 언문을 그런 식으로 배운 적이 있었다. 하지만 반야심경을 처음 접해 봐서 그런지 외우는 것이 쉽지 않았다. 며칠 동안 영근이와 아버지는 잠자는 것과 먹는 것을 잊은 채 열심히 외우고 또 외웠다. 그 사이에 곽 씨 아저씨가 종종 찾아와서 먹을 것을 챙겨주고, 장작을 가져와서 방에 군불을 지펴주기도 했다.

마침내 약속한 열흘이 지나자 두 사람은 곽 씨 아저씨와 함께 명통시로 향했다. 앞장선 아버지는 곽 씨 아저씨에게 연신 고맙다는 말을 했다.

"자네가 아니었으면 나랑 영근이는 진즉에 이 세상 사람이 아니었을걸세."

"십 년 넘게 이웃으로 살았는데 그런 소리 말게. 이웃사촌 아닌가."

"맞아. 피를 나눈 친척보다 더 가까운 사이지."

영근이는 두 사람이 주고받는 얘기를 들으면서 귀를 쫑긋 세우고 콧구멍을 활짝 열어서 소리와 냄새를 맡으려고 애썼다. 지난번처럼 사람들이 내는 말소리는 물론이고, 말과 소가 우는 소리에 발소리와 한숨 소리 같은 것까지 들으려고 노력했다. 도성 사람들이 주고받는 말은 대부분 가뭄에 관한 것이었다.

"아이고, 봄이 다 끝나가는데 비가 이리 안 내리면 볍씨는 언제 뿌릴 수 있을까?"

"작년에도 흉작이었는데 올해도 글렀구먼. 글렀어."

"진짜 나라에서는 기우제를 안 지내는 거야?"

"하늘도 무심하시지. 이러다 우리 다 굶어 죽게 생겼어."

열흘 전보다 부쩍 걱정이 늘어난 목소리가 여기저기서 들렸다. 특히 물건을 사고파는 운종가의 시장통이 더욱 떠들썩했다. 향냄새와 지팡이로 땅을 두드리는 소리가 들려오자 영근이는 본능적으로 명통시에 도착했다는 것을 알아차렸다.

숨을 크게 내쉰 영근이에게 곽 씨 아저씨가 말했다.

"긴장하지 말고 차분하게 해라. 외운 대로만 하면 아무 문제 없을 거야."

"알겠습니다. 아저씨."

지난번처럼 계단을 올라 문턱을 넘자 명통시 특유의 짙

은 향냄새가 느껴졌다. 열흘 전보다 사람들이 더 많아진 느낌이었다. 곽 씨 아저씨가 훈도를 부르러 간 사이에 영근이는 전각 아래 섬돌에 앉았다. 중간중간 기우제라는 말이 안개처럼 피어올랐다가 사라졌다.

잠시 후, 성큼성큼 다가오는 발소리가 들렸다. 그중 하나는 곽 씨 아저씨 특유의 쾅쾅거리는 소리였고, 다른 하나는 지팡이와 함께 오는 조심스러운 발걸음이었다. 헛기침 소리와 함께 열흘 전의 훈도 목소리가 들렸다.

"반야심경은 다 외웠느냐?"

"예, 목숨을 걸고 외웠습니다."

"그래, 남들에게는 아무렇지도 않은 게 우리에게는 목숨을 걸어야 하는 일이 될 때도 있지. 자, 처음부터 끝까지 외워보아라."

한 구절씩 나눠서 물을 줄 알았는데 통째로 외우라는 소리에 영근이는 살짝 긴장했다. 하지만 연습했던 것처럼 바닥에 주저앉아서 목청껏 외우기 시작했다.

"관자제보살 행심반야바라밀다시 조견오온개공 도일체고액."

"무슨 뜻이냐?"

"관자재보살이 반야바라밀다를 진심으로 실천하실 때, 모든 것이 공한 것을 밝게 깨닫고 온갖 고통에서 벗어나셨다는 뜻입니다."

주변에서 "어허!" 하는 감탄 소리와 어린것이 신통하다는 속삭임이 들려왔다. 평정심을 찾으려고 애쓰는 영근이에게 훈도가 말했다.

"알겠다. 이제부터는 묻지 않을 것이니 한 구절을 외우고, 뜻을 말하는 식으로 이어가 보아라."

"예."

숨을 고른 영근이는 차분하게 열흘 동안 밤새 외우고 또 외운 반야심경을 읊었다. 중간부터는 누군가 북을 가볍게 치면서 장단을 맞춰주었다. 마지막까지 외운 영근이는 크게 숨을 내쉬었다. 가슴이 터질 것 같이 두근거렸는데 그래도 막힘없이 다 외웠다는 생각에 너무나 감격스러웠다. 하지만 명통시 훈도는 예상 밖의 말을 했다.

"잘 외웠구나. 하지만 독경사는 단순히 경전을 외우는 역할만 하는 건 아니다."

"그럼요?"

"듣는 사람의 마음을 안정시키고 하늘을 감동시켜야 한

다. 그런데 너는 그냥 외우기만 했을 뿐이야."

"보이지 않는 하늘을 어찌 감동시킨다는 말입니까?"

발끈한 영근이가 목소리를 높였다. 지켜보던 아버지도 항의했다.

"아니, 외워 오라고 했으면서 어찌 이런 식으로 딴지를 겁니까? 방에 칼을 꽂아놓고 아들에게 밤새워서 읽혔단 말입니다!"

울분에 찬 아버지의 항의에도 명통시 훈도는 요지부동이었다. 감정이 실리지 않았다는 말만 되풀이할 뿐이었다. 그때 갑자기 낯선 목소리가 들렸다.

"어허, 내가 너의 신수를 보았는데 말이야."

그 말을 들은 명통시 훈도의 당황한 목소리가 뒤따라 들려왔다.

"아니, 왜 남의 신수를 허락도 안 받고 본단 말입니까?"

"이놈아. 지난번에는 제발 좀 봐달라고 애걸복걸하더니 그사이에 마음이 바뀐 거냐? 어쨌든 말이다."

거기까지 들은 영근이는 명통시 훈도를 당황하게 만든 목소리의 주인공이 열흘 전에 명통시 앞에서 지팡이끼리 부딪쳤던 맹인 점쟁이라는 사실을 알아차렸다. 맹인 점쟁이는 요란하게 혀를 차고는 말을 이었다.

"오늘 저 아이를 거두지 않으면 너는 급살을 맞아서 죽게 될 처지야."

"아니, 무슨 놈의 점괘가 그리 험악합니까?"

명통시 훈도의 대꾸에 맹인 점쟁이가 지팡이로 땅을 두드리며 말했다.

"우리 처지는 험악하지 않은가? 저 아이가 반야심경을 외우는 걸 들으면서 나는 절박함을 느꼈네. 우리 처지가 딱 그렇지 않은가. 남들이 피해 가는 똥통에 빠지는 건 물론이요, 누가 소매를 쳐서 재물을 훔쳐 가도 모르지. 짓궂은 아이들이 일부러 길을 잘못 가르쳐줘도 그 길로 가야만 하는 우리 처지 말일세. 나랏님이 이렇게 그럴싸한 전각도 지어주고 노비랑 쌀을 하사한 이유가 무엇인지 잊었는가? 앞이 보이지 않는 사람들끼리 돕지는 못할망정 매정하게 내치려고 하니, 급살을 맞아도 골백번은 맞을 거다. 이놈아."

익살스럽게 마무리를 짓자 사방에서 웃음소리가 들렸다. 듣고 있던 영근이는 명통시를 책임지는 훈도에게 반말과 농담이 섞인 비난을 자유롭게 할 수 있는 맹인 점쟁이의 배짱에 감탄했다. 말로 공격을 받은 명통시 훈도의 목소리는 착 가라앉았다.

"아니, 신통하다는 점쟁이 말을 안 믿을 수도 없고, 이거야 원."

"그러지 말고 곡식 한 말 들려서 보내게. 그리고 며칠 있다 조정에서 기우제를 지낸다고 하지 않았나?"

"사흘 후에 사직단에서 지낸다고 하였습니다."

"그렇다면 석척 기우제겠군. 어린아이들이 해야 하니까 재를 보내면 되겠구먼."

"처음 온 아이를 어찌 보낼 수 있단 말입니까? 그러다가 문제라도 생기면 저는 끝장입니다."

"급살을 맞아 죽는 것보다는 낫지. 안 그래?"

"그, 그렇긴 합니다만."

"내가 가서 지켜봄세. 그러면 되겠지?"

맹인 점쟁이의 말에 명통시 훈도가 반색하는 말투로 대꾸했다.

"직접 가신다면야 안심이 되지요."

"그럼 어서 곡식이나 챙겨서 보내주게. 열흘 동안 반야심경 외운다고 제대로 먹지도 못했을 것 같구먼."

"그렇게 하겠습니다. 그나저나 이리 챙겨주는 걸 보니 제자로 받아들이려고 그러십니까?"

명통시 훈도의 은근한 물음에 맹인 점쟁이가 딱 잘라 말했다.

"제자는 하나면 족해. 쓸데없는 얘기 그만하고 얼른 곡식이나 줘서 보내."

"네. 그러지요."

시원스럽게 대답한 명통시 훈도가 노비를 불러 곡식을 챙겨주라고 했다. 그리고 영근이에게 말했다.

"그때는 재앙을 쫓는 축사경을 외울 거다. 잘 외워 오너라. 책은 챙겨주마."

영근이는 눈물이 날 정도로 기뻤다. 그래서 서둘러 아버지에게 물었다.

"우리를 도와준 맹인 점쟁이는 어디 있습니까?"

"저기에 있구나. 내가 데리고 가주마."

영근이는 아버지의 손을 잡고 앞으로 나갔다. 그리고 아버지가 누군가에게 인사를 하는 목소리를 들었다.

"고맙습니다. 어르신이 아니었으면 꼼짝없이 쫓겨날 뻔 했습니다요."

영근이도 따라서 인사를 했다.

"고맙습니다. 어르신."

"고맙긴. 네가 나중에 날 살려준다는 점괘가 나와서 도와준 것뿐이다."

"제가 어르신을 살린다고요?"

영문을 알 수 없는 말에 영근이가 놀라서 묻자 상대방은 대수롭지 않게 대꾸했다.

"세상일이라는 건 모르는 거니까. 앞이 보이나 안 보이나 마찬가지야. 그러니까 좌절하지 말고 열심히 노력해 보렴. 열흘 만에 그 정도로 외우는 건 정말 대단한 거지."

"고맙습니다. 어르신."

인사를 받은 상대방이 가볍게 웃었다.

"그럼 사흘 후에 사직단에서 보자."

인사를 남기고 떠나려는 상대방에게 영근이가 물었다.

"성함을 알려주시면 감사하겠습니다."

"이름을 알아서 뭐하게?"

"은인께서 잘되기를 항상 마음속에 기원하려고요."

영근이의 대답을 들은 상대방이 너털웃음을 지었다.

"당돌한 녀석이구나. 그래, 내 이름은 홍계관이다. 그리고 내 옆에서 북을 치고 길잡이 역할을 하는 여자아이는 평수나고."

"평수나라고요?"

"이름이 이상하지? 우리나라에 자리 잡은 왜인 평도전의 딸이야. 신통력이 있어서 내가 데리고 다니지. 참, 눈은 보이지만 대신 말을 하지 못해. 그래서 북을 치는 것으로 대답을 대신하지. 한 번 치면."

북소리가 한 번 들리고 홍계관의 목소리가 다시 들렸다.

"알겠다는 뜻이고, 두 번 치면."

두 번 북소리가 들리고 설명이 이어졌다.

"아니라는 뜻이지. 그 밖에도 정해진 신호들이 많아."

홍계관의 얘기가 끝나기가 무섭게 북소리가 연달아 짧게 세 번 들렸고, 모서리를 치는 소리가 두 번 이어졌다.

"방금은 무슨 뜻입니까?"

"어서 가자는 말이야. 점을 봐주기로 한 집이 있거든."

유쾌하게 웃으며 홍계관은 북 치는 여자아이와 함께 떠났다. 멀어져가는 발소리를 듣던 영근이에게 곡식을 받아 기뻐하는 아버지의 목소리가 들렸다. 눈이 보이지 않게 된 이후 처음으로 안도감이 느껴지는 순간이었다.

＊　＊　＊

　사흘 후, 영근이는 새벽부터 외출 준비를 했다. 그 사이에 날씨가 조금 더 더워졌지만 여전히 비가 내리지 않았다. 주로 포구로 들어오는 배의 짐을 실어나르는 일을 하는 마을 사람들에게는 큰 문제가 아니었지만 시장에서 파는 곡식과 채소의 값이 올랐다.

　지난밤에는 어머니가 웃으면서 항상 지켜보고 있으니 너무 걱정 말라고 하는 꿈을 꾸었다. 영근이가 설핏 미소를 짓자 머리를 빗겨주던 아버지가 물었다.

　"좋은 꿈이라도 꾸었느냐?"

　"네, 어머니를 보았습니다."

　"신기하구나. 나도 꿈에서 네 어미를 만났는데 필요한 게 무어냐고 해서 대답을 하려다 잠에서 깨었지."

　영근이는 아버지와 어머니에 대한 추억을 나누며 외출 준비를 마쳤다. 곽 씨 아저씨가 빌려준 발립을 쓰고 아버지가 바느질 잘하는 마을의 아낙네에게 곡식을 조금 주고 줄인 백저포를 입었다. 지팡이를 쥔 영근이는 아버지와 곽 씨 아저씨를 따라 밖으로 나섰다. 주변이 보이지 않았지만 아직 바람이 선선한 걸 보면 새벽인 것 같았다. 영근이의 짐작이 맞았는지 도성으로 가는 동안 야간 통금의 해제를 알리는 종소리가 먼발치에서 들렸다.

마을 사람들이 두런거리는 목소리를 귀에 담으면서 도성으로 들어섰다. 운종가와 육조거리를 지나 경복궁 쪽으로 향했다. 중간에 개천을 건너는데 다리 아래 사는 거지들이 장님이라고 놀리는 소리가 들렸다. 아버지가 짜증을 내면서 거지새끼들이라고 욕하는 동안 영근이는 천천히 앞으로 걸었다. 다리를 건너 광화문까지 올라갔다가 왼쪽으로 방향을 틀었다. 앞장서 걷던 곽 씨 아저씨의 들뜬 목소리가 들렸다.

"저기가 사직단이군. 다 왔어."

"사람들이 보입니까?"

"많이 와 있네. 서두르지 않았으면 늦을 뻔했어."

그러면서 사직단이 어떻게 생겼는지 알려주었다. 사방에 홍살문이 있는 낮은 담장이 있고, 그 안에 토지신과 곡식의 신에게 제사 지내는 월대 같은 공간이 있다고 말이다.

"앞에 넓은 공간이 있고, 악사들이 보이는구나. 그 앞에 커다란 항아리가 있고, 어린아이들도 잔뜩 와 있네."

보이지는 않았지만 사람들의 웅성거리는 소리가 바람결에 날아왔다. 지난번 명통시에서의 절박함과는 다른 긴장감이 느껴졌다. 그런 영근이의 마음을 느꼈는지 아버지가 어깨에 손을 올렸다.

"떨리냐?"

"조금이요."

"어제 꿈에서 네 어미가 먼저 가서 미안하다며 널 잘 돌봐달라고 하더구나. 지팡이 잘 쓰라고 하면서 말이야."

아버지의 말을 들은 영근이는 엄마를 떠올리면서 마음의 안정을 찾을 수 있었다. 잠시 후, 익숙한 북소리와 함께 홍계관의 목소리가 들렸다.

"영근이 왔느냐?"

"네, 방금 도착했습니다."

"축사경은 다 외웠느냐?"

"한 글자도 빼지 않고 외웠습니다."

"그래, 북은 평수나가 칠 것이다. 빠르거나 느리지 않게, 독경을 외우기 쉽게 쳐줄 것이니 염려 말고 배우고 익힌 대로 해보아라."

"네."

"지팡이 소리를 듣고 따라오너라. 여기서부터는 너와 나의 길이다."

아버지와 곽 씨 아저씨는 자연스럽게 물러났고, 영근이는 앞장선 홍계관이 바닥을 치는 지팡이 소리를 들으며 따라갔다. 소리를 따라 조금 나아가자 음악소리가 들려왔다. 길을 안내하는 평수나가 북을 여러 번 나눠서 쳤다. 그걸 들은 홍계관이 말했다.

"오른쪽에 악공들이 있고, 왼쪽에는 우리가 앉을 자리가 있다는구나. 그쪽으로 가자."

홍계관을 따라가자 기다리고 있던 사직단의 노비들이 이쪽이라고 말하는 소리가 들렸다. 그들의 부축을 받아 돗자리에 앉자 비로소 한숨이 저절로 나왔다. 옆에 앉은 홍계관이 속삭였다.

"보이지는 않지만 명통시의 훈도들도 나와 있을 거다."

"제가 얼마나 잘하나 들으려고요?"

"그래. 그러니까 최대한 목청껏 축사경을 외우거라."

"궁금한 게 있습니다."

"말해 봐라."

"경전을 외우면 원하는 게 이뤄집니까?"

파도 같이 몰아친 질문에 홍계관이 당황하는 게 느껴졌다. 영근이는 앞이 안 보이면서 독경사가 되어야 한다는 걸 알게 되었고, 살아남기 위해서 명통시를 찾아가고 반야심경을 외웠다. 하지만 침을 놓거나 약을 주는 게 아니고 경전을 외우는 것으로 아픈 사람이 낫고 하늘에서 비가 내린다는 건 이해할 수 없었다. 마음에 품고 있던 영근이의 질문에 홍계관이 잠시 침묵했다가 대답했다.

"솔직히 나도 예전에 너와 같은 생각을 했단다. 아픈 사람을 앞에 두고 경전을 읊는 게 무슨 소용이고, 비 한 방울 내릴 것 같지 않은 하늘에 대고 비를 내려달라고 하면 과연 비가 내릴지 말이다. 점을 치는 것도 마찬가지였어. 내가 경험한 바에 의하면 점을 쳐서 미래를 안다고 해도 그게 달라지지는 않았다. 예를 들어서 누가 모월 모일에 병에 걸려서 죽는다고 예언한다고 해서 그 사람이 병에 안 걸리지는 않았거든. 차라리 내가 언제 죽는지 모르고 사는 게 훨씬 더 편하다는 걸 그때 깨달았지. 다 부질없는 거란다."

그때 북소리가 두 번 들렸다. 평수나가 친 것 같았다. 북소리를 듣고 가볍게 웃던 홍계관은 이렇게 말했다.

"수나 생각은 다른 모양이구나. 어쨌든 나도 한때는 회의에 빠졌있지. 그런데 나중에 깨달았다. 그것이 바로 '염원'이라는 것을 말이야."

"염원이요?"

"그래. 아픈 가족에게 뭐라도 해주고 싶은 마음, 바짝 타 들어가는 땅을 보고 속상해하는 백성에게 위안을 주고 싶은 나랏님의 마음, 가족들이 잘되기를 바라는 마음, 그런 것을 모두 염원이라고 하지. 삶은 고통과 인내의 연속이야. 우리가 눈이 안 보여 힘들다고는 하지만 눈 뜬 이들 역시 고통의 무게감은 우리와 다르지 않을 것이다. 그걸 깨달은 다음부터는 마음을 바꿔 먹었지. 우리가 하는 건 헛짓거리가 아니라 사람들의 염원을 들어주는 것이라고 말이다."

홍계관의 말을 들은 영근이는 독경이 단순히 그냥 경전을 외우는 것이 아니라 사람들의 염원을 들어주는 것이라는 사실을 깨달았다.

"석척 기우제를 본 적이 있느냐?"

"없습니다. 어찌하는 겁니까?"

"간단해. 물이 가득 든 항아리에 도마뱀을 넣고 소년들이 나뭇가지로 항아리를 치면서 비를 내려달라고 하는 것이지. 옆에서는 악공들이 연주를 하고, 독경사는 경전을 읊으면서 도와주는 방식이야."

"그렇게 하면 비가 내립니까?"

"반드시 비는 내려. 왜 그런 줄 알아?"

영근이는 모르겠다며 고개를 저었다. 그러자 홍계관이 크게 웃었다.

"비가 내릴 때까지 기우제를 지낼 것이니까."

그제야 무슨 뜻인지 알게 된 영근이는 소리를 죽여 웃었다. 얘기를 주고받는 사이 석척 기우제가 시작되었다. 홍계관의 얘기대로 아이들의 노랫소리가 들렸다.

"석척아! 석척아! 구름을 일으키고 안개를 토하며 비를 주룩주룩 오게 하면 너를 놓아 보내겠다."

아이들이 노래를 부르는 가운데 악공들이 음악을 연주했고, 평수나가 북을 쳤다.

"염원이 느껴지지? 우리는 우리가 할 일을 하자꾸나."

홍계관이 말했다. 고개를 끄덕이며 영근이는 목을 살짝 가다듬고 축사경을 외우기 시작했다.

"하늘은 나의 아버지요. 땅은 나의 어머니요. 일월은 나의 형이요. 태을은 나의 붕우요. 천지신명이 나를 돕고 있으니 귀신은 속히 천리만리 밖으로 떠나거라!"

평수나가 북을 쳐서 장단을 맞주는 가운데 영근이는 몸을 가볍게 흔들면서 축사경을 외웠다. 외우는 동안 영근이는 먼저 세상을 떠난 어머니의 인자한 미소와 만났고, 늙은 아버지의 웃는 얼굴도 보았다. 그리고 세상과 만났다. 싸리 담장을 흔드는 바람을 봤고, 곡식을 영글게 하는 햇살을 봤다. 갈매기가 되어서 마포 나루를 내려다봤고, 인왕산의 호랑이가 되어서 도성을 내려다봤다. 그리고 하늘 높이 두둥실 떠올라 구름 위를 날았다. 추운 날씨도 만났다가 더운 기운도 만났다.

 점점 몸이 가벼워진 영근이는 힘을 주어 축사경을 되풀이해 외우면서 간절한 염원을 담았다. 비록 보이지는 않고, 지팡이에 의지해서 세상을 살아가야 하지만 누군가에게 도움이 되고 싶고, 염원을 들어주는 사람이 되고 싶었다.

 간절함이 담긴 영근이의 목소리는 수십 명의 아이들이 부르는 노랫소리나 악공들이 연주하는 악기의 소리를 압도했다. 다들 노래와 연주를 멈추고 바라봤지만 영근이는 아무것도 보이지 않았다. 대신, 콧잔등에 차가움을 느꼈다.

"어?"

 영근이는 축사경을 읊던 것을 멈추고 하늘을 올려다봤

다. 아무것도 보이지 않았지만 비가 내리기 직전의 서늘함이 느껴졌다. 그리고 어머니의 미소가 보였다. 영근이는 환하게 웃으며 중얼거렸다.

"어머니가 불러오셨군요."

잠시 후, 비가 내리기 시작했다. 아이들은 까르르거리며 한호성을 질렀고, 악공들은 서둘러 악기를 챙기면서도 연신 비가 내린다고 기뻐했다. 먼발치에서 지켜보던 명통시의 훈도가 환호성을 지르는 게 들렸다. 아버지와 곽 씨 아저씨가 얼싸안고 기뻐하는 것도 느껴졌다. 옆에 앉아 있던 홍계관이 벌떡 일어나더니 우렁찬 목소리로 말했다.

"여기 비를 부르는 아이가 있소이다. 이 아이가 비를 불러왔소!"

사람들의 환호성이 커지는 가운데 영근이는 하늘을 보면서 울먹거렸다.

"고마워요. 어머니."

실은 좋아해, 바늘을

천지윤

소나가 바늘에 찔렸다.

"앗, 따가워!"

중1 때는 방석으로, 중2 때는 마스크로, 중3인 지금은 필통이다. 가정 수행평가인 바느질하기는 어김없이 소나를 괴롭혔다. 오늘도 바늘 때문에 소나의 스트레스 지수가 올라가고 있었다.

"아오, 난 바늘이 너무 싫어!"

"역시 임소나. 바느질할 때마다 찔리는 엄청난 재주!"

"류준우, 안 그래도 열 받아 죽겠으니까 그 입 닫고 바느질이나 해라."

바늘에 찔린 것도 열받는데 옆자리에서 놀리는 준우 때문에 6월의 날씨가 더 후텁지근하게 느껴졌다.

"난 이미 오늘 할당량보다 많이 했지롱!"

"그래 바느질 장인 류준우! 바느질 잘해서 좋겠다. 아씨, 또 찔렸어. 짜증 나 죽겠네. 야, 네가 말 걸어서 찔렸잖아!"

소나와 준우가 정신없이 티격태격하고 있는 사이 선생님이 다가와 둘 사이에서 짝짝, 손뼉을 쳤다.

"자, 수업 끝나기 5분 전이니까 만든 거 걷을게요. 이제 수행평가 필통 만들기는 두 번 남았어요. 시간 체크 잘 하면서 만들어야 해요."

준우가 자신의 필통을 들더니 소나의 필통을 가리키며 말했다.

"와, 임소나~ 이거 정말 필통이 맞아?"

"야, 내놔라."

"아냐, 내가 대신 제출할게!"

"으, 저걸 진짜!"

준우의 작품은 점점 필통 모양을 갖춰가고 있었다. 하지만 소나의 작품은 자신이 봐도 준우와 같은 필통을 만들고 있는 것인지 의문이 생길 정도였다. 그렇다. 소나는 정말 놀라울 정도로 바느질에 재능이 없다. 소나의 작품이 준우의 손을 거쳐 수행평가 바구니에 쏙, 들어갔다.

집으로 돌아가는 길에서도 소나는 계속 준우에게 투덜거렸다.

"아, 대체 왜 바느질 수행평가는 존재하는 걸까?"

그러자 바로 준우가 받아쳤다.

"아, 대체 왜 나는 임소나랑 같은 아파트에 살고 있는 걸까?"

"인생에서 바느질이 꼭 필요할까?"

"인생에서 임소나의 바느질 타령을 언제까지 들어야 하는 걸까?"

소나가 걸음을 멈추고 준우를 째려봤다. 준우는 소나에게 혓바닥을 내밀며 소리 없이 '메롱' 했다.

"난 바늘이 진짜로, 굉장히, 엄청나게 싫다고!"

"넌 왜 그렇게 바늘을 싫어하냐?"

"왜냐고 묻는다면? 아프니까! 난 예방주사 맞는 것도 싫어! 바늘이니까. 피검사를 할 때 주삿바늘이 내 몸에 들어가는 것도 너무 싫어! 아프니까!"

"이야, 이제 랩까지 하네. 다 왔다. 더운데 아이스크림이나 사 먹자."

소나가 계속 랩을 이어가려는데 준우가 아파트 상가에

있는 슈퍼를 가리켰다.

"어? 오늘 소나 슈퍼 문 안 열었네?"

"뭐야. 아빠, 엄마 어디 놀러 갔나? 바느질할 때 실수로 바늘이 나를 찌르는 게 정말 싫어! 바늘로 찌르면 천도 얼마나 아프겠어!"

"아, 뭐래? 덥다! 얼른 집에 들어가라! 나는 고생하고 있는 우리 엄마 좀 도와주고 들어갈게."

"와! 어쩜 매번 그렇게 엄마를 도와? 안 힘들어?"

"힘들지. 그래도 엄마가 힘든 것보단 내가 힘든 게 나아."

"효자다, 효자. 난 그렇게는 못할 것 같다 진짜."

소나의 말을 듣는 둥 마는 둥 준우는 소나 슈퍼 옆에 있는 준카페로 들어갔다. 소나는 랩을 계속하면서 102동으로 향했다.

"가게를 냅뚜고오~ 다들 어딜 놀러 가셨나아~? 나 빼고 맛난 거 드시나아~? 가족은 셋뿐인데 나 빼고 맛난 걸 드시는 거면 곤란한데요오~"

하지만 현관문을 열자 컴컴한 거실과 부엌의 흐릿한 불빛만이 소나를 맞이했다. 뭔가 이상했다. 직감적으로 심상치 않은 것을 느꼈다.

"이거, 오늘 집 분위기가 왜 이러지? 오늘 가게는 왜 안 열었나?"

소나가 일부러 큰 소리를 내며 주방으로 걸어갔다.

아무도 없었다.

"뭐야? 다들 어디 갔어?"

엄마에게 전화를 걸었다. 받지 않았다. 아빠에게도 전화를 걸었다. 받지 않았다. 다시 엄마에게, 아빠에게, 엄마에게 아빠에게. 아무리 걸어도 전화는 연결되지 않았다. 초초해진 소나는 식탁 의자에 앉았다 일어나기를 반복했다. 얼마나 지났을까? 휴대전화에서 카톡 알림음이 울렸다.

- 소나야. 여기 병원이야. 조금 있다가 전화할게.

엄마였다.

- 병원? 병원은 왜요?

소나가 바로 답장했지만 엄마는 카톡을 읽지 않았다.

* * *

어느새 해는 완전히 사라졌고 거실은 점점 더 어두워졌다. 혹시 집에 강도가 들었나? 아니야, 강도가 들었으면 집이 이렇게 깨끗할 리가 없어. 혹시 아빠가 교통사고가 났나? 아빠가 평소에 얼마나 안전 운전을 하는데? 하지만 운전은 본인만 조심한다고 되는 건 아니지, 소나의 상상은 꼬리에 꼬리를 물면서 점점 커졌다.

그때 요란하게 휴대전화가 울렸다.

"엄마, 어디예요? 무슨 일이에요?"

"응, 소나야. 아빠가…… 입원했어."

엄마의 목소리에 기운이 없었다.

"왜요, 어디가 안 좋은데요?"

"요즘 아빠가 몸이 붓고 열도 나고 영 안 좋았잖아. 그래서 혹시 코로나인가 해서……"

"며칠 전에 자가진단 키트로 검사해봤을 때 음성이었잖아요?"

"응. 그런데 상태가 너무 안 좋길래. 혹시나 해서 코로나 검사하러……"

"아, 코로나래요?"

코로나라니. 다행이었다. 위험하기는 하지만 이젠 감기처럼 앓고 지나가는 거니까. 혹시 교통사고가 난 건 아닌가 하는 걱정에 제대로 의자에 앉지도 못했던 소나가 안도의 숨을 내쉬며 식탁 의자에 푹 눌러앉았다.

"코로나 요즘은 며칠이나 격리하지? 아마 격리까지는 안 할 걸요?"

"아빠, 코로나 아니야."

"아니래요? 다행이다. 근데 왜 입원했어요?"

전화기 너머로 엄마의 숨소리는 들렸지만 목소리가, 그러니까 대답이 돌아오지 않았다.

"엄마?"

"급, 급성으로…… 그러니까……."

몇 초의 정적이 흐른 뒤, 엄마가 크게 숨을 들이쉬고 내쉰 다음 떨리는 목소리로 입을 열었다.

"소나야, 아빠가 이제 신장 투석……, 음 그러니까 혈액 투석을 받아야 할 것 같아."

"엥? 신장 투석? 혈액 투석?"

"응, 병원에서 심각하다고 하네. 일단 며칠 입원해야 하는데 엄마가 같이 있어야 할 것 같아. 너무 늦어지면 준우 엄마한테 내가 부탁해 둘게."

"어, 난 괜찮아요. 그런데 투석은 언제까지 하는데요?"

"그게, 아마도 평생."

"뭐? 평생?"

"신장 이식받는 거 말고는 평생 투석을 받아야 한대."

평생. 그 말 한마디가 아주 길고 뾰족한 바늘이 되어 소나의 마음을 푹, 찔렀다.

통화를 마치자마자 소나는 식탁에 앉아서 휴대전화로 신장 혈액 투석을 검색했다.

───── **혈액 투석** : 신부전에 걸린 환자가 요독증에 걸리는 것을 방지함. 신장의 기능을 인공적으로 대체하는 것. 동정맥루나 동정맥 혈관 이식편에 바늘을 찔러 혈액을 체외로 꺼내서 투석막을 통해 요독과 수분을 제거하고 다시 몸 안으로 들여보내는 인공투석 과정.

의자 위에 걸쳐 있던 소나의 한쪽 다리가 바닥으로 툭, 떨어졌다.

"신부전에 길린 환자가 요독증에 걸리는 것을 방지함? 잠깐만. 뭐야. 이게."

휴대전화를 검색하는 소나의 손이 살짝 떨렸다.

"보통 1회 4시간, 주 3회 시행…… 뭐야, 아빠가 평생 바늘에 찔려야 한다고?"

소나가 기억하는 아빠는 소나만큼이나, 아니 어쩌면 소나보다 훨씬 더 바늘을 싫어했다.

"여보, 체했을 때 혈자리를 뚫으면 금방 나아진다니까?"
"으, 싫어. 피 보는 거. 그리고 그거 과학적으로 증명된 것도 아니래!"
"아니! 체해서 그렇게 힘들어하면서!"
"그냥 혈자리를 손가락으로 누르고 있을게. 바늘이 몸에 들어가는 건 진짜 싫더라고."

소나는 엄마를 피해서 집안을 뛰어다니며 도망치던 아빠의 모습을 떠올렸다.

"망했다."

고개가 절레절레 저어졌다.

걱정에 자다 깨기를 반복하던 소나는 여러 번 울려대는 알람 소리에 눈을 떴다.

"아, 늦었다!"

급하게 세수와 양치를 한 다음 앞머리에만 샴푸를 칠하고 물로 씻고, 말리지도 못한 채 가방을 메고 집을 나섰다. 아파트 상가를 지나치는데 준우가 준카페에서 나와 소나에게 손을 흔들었다.

"같이 가!"

준우가 토스트를 건넸다.

"무슨 일 있어? 이모가 엄마한테 전화 왔더라. 엄마가 너 아침 못 먹었을 거라고 이거 먹으래."

"땡큐."

근심이 가득한 표정으로 토스트를 먹으면서 교실에 도착한 소나는 가방을 내려놓자마자 바람 빠진 풍선처럼 힘없이 늘어졌다. 준우는 그런 소나의 옆에 말없이 앉았다. 1교시, 2교시, 3교시, 4교시. 무슨 수업을 들었는지 어떤 내용을 배웠는지 하나도 기억나지 않았다. 점심시간이 되자 준우가 어깨를 툭, 쳤다.

"야, 점심시간이야. 밥 먹으러 가자."

"아, 응."

두 사람은 급식실에 마주 보고 앉았다. 준우가 계란말이를 콕 집으며 입을 열었다.

"너 왜 이렇게 못 먹어? 무슨 일이야?"

"아빠가 많이 아프대. 그리고 계속 아플 거래."

"이디가?"

"바늘, 바늘에 평생 찔려야 한대."

소나가 상황을 설명하자 준우는 잠시 놀란 얼굴이더니 이내 고개를 끄덕였다.

"그랬구나. 그래도 지금이라서 다행이야. 우리 형이 그러는데 힘들 때일수록 밥을 잘 먹어야 한대. 그러니까 얼른 먹어."

준우의 권유에도 소나는 평소에 거뜬하게 비우던 식판을 한 칸도 비우지 못했다.

소나가 거친 숨을 몰아쉬고 흐르는 땀을 닦으며 슈퍼 유리문을 열었다.

"엄마, 아빠는요?"

"어, 집에 있어."

엄마의 말이 끝나기가 무섭게 소나는 헐레벌떡 집으로 달려갔다. 일주일 만에 퇴원한 아빠는 무척이나 수척해져 있었다. 소나는 입술을 꽉 깨물었다.

"아부지이이!"

소나가 아빠에게 달려가 안겼다. 그런데 아빠가 살짝 피했다.

"저기 임태욱 씨, 갑자기 거리감 느껴지게 왜 그래요?"

소나가 다시 아빠에게 안기려고 했지만 이번에도 아빠는 황급히 오른쪽 가슴을 뒤로 빼며 말했다.

"저기 임소나 양, 아빠 가슴에 카테터가 달려 있어. 왼팔에 인조 혈관을 수술하기 전까지는 임시로 투석해야 해서 달았거든. 그래서 여기를 아주 조심해야 해."

아빠가 셔츠 단추를 풀어서 카테터를 보여줬다. 오른쪽 가슴 위에 줄 두 개가 살을 뚫고 달려 있었다. 손가락 두 마디 정도 되는 길이의 줄 끝에는 파란색, 빨간색으로 작은 뚜껑으로 닫혀 있었다. 소나의 표정이 일그러졌다.

"아파요?"

"아니~"

"아팠어요?"

"어이, 딸! 표정이 왜 그러지? 진짜 괜찮아. 마취해서 하나도 안 아팠어!"

아빠가 살짝 코 아래로 내려온 안경을 손으로 올리며 미소를 지었다. 하지만 너무도 선명하게 보이는 카테터를 보자 소나는 차마 따라서 웃을 수가 없었다.

* * *

월, 수, 금. 소나 아빠는 오후 1시부터 오후 5시까지 투석을 받아야 했다. 아빠의 일주일 중 3일은 이제 24시간이 아니라 20시간이었다. 투석실에 가만히 누운 채 투석받는 4시간은 정말 따분하고 무료했다.

월, 수, 금. 엄마의 오후 1시와 5시, 소나의 오후 5시 역시 없는 시간이었다. 아빠는 투석을 시작하면서 체력이 급격하게 나빠졌다. 소나와 엄마는 아빠를 병원에 데려다주고 데리고 와야 했다. 특히 투석이 끝나면 아빠는 어지러워했고, 걷는 것도 힘들어 해서 금방이라도 넘어질 것처럼 휘청거렸다. 그래서 소나와 엄마가 늘 아빠 옆을 지켜야 했다. 건장한 아빠를 두 사람의 힘으로 부축하는 것이 쉽지 않았다. 소나 가족은 그렇게 낯설고 끝이 보이지 않는 바늘 위를 걸어가야 했다.

투석을 마친 아빠와 함께 소나와 엄마는 택시를 탔다. 택시가 아파트 앞에 도착했지만 아빠는 택시에서 내리지 못했다.

"다리가 너무 무겁네. 다리에 힘이 안 들어가."

소나가 택시 조수석에서 내려 단단하게 부어 있는 아빠의 다리를 들어 힘겹게 땅으로 내려놓았다. 엄마는 말없이 아빠의 옆자리에서 아빠의 등을 밀어 일어날 수 있게 도왔다. 한 걸음, 두 걸음 위태롭게 걸음을 내딛던 아빠가 아파트 앞에 멈춰 섰다. 그러고는 힘없는 목소리로 중얼거렸다.

"계단은 정말 못 올라가겠어. 다리에 힘을 줄 수가 없네."

엘리베이터 앞까지 놓인 일곱 개의 계단이 너무 높고 멀게 느껴졌다. 소나는 결심한 듯 아빠에게 팔짱을 꼈다.

"나랑 엄마랑 한 쪽씩 팔짱 끼고 계단 올라가봐요!"

엄마는 왼쪽, 소나는 오른쪽에서 아빠에게 팔짱을 끼고 아주 천천히 계단을 하나씩, 하나씩 올라갔다.

"하나, 둘."

"으헉!"

아빠가 소리를 질렀다. 소나는 아빠의 다리에서 힘이 빠지는 게 느껴졌다. 아빠는 점점 아래로 미끄러져 내려갔고, 팔짱을 끼고 있던 소나와 엄마도 아빠의 무게를 이기지 못해 비지땀을 흘렸다.

"아빠, 제발 다리에 조금이라도 힘을 줘봐요."

소나가 소리쳤다.

"안 된다니까!"

"여보, 악!"

엄마의 비명과 함께 세 사람은 계단에 나동그라졌다. 아빠의 안경이 계단 아래로 굴러떨어졌다. 아빠는 손을 뻗어 안경을 잡으려고 안간힘을 썼다.

"안경이 안 잡혀. 안경이……."

아빠가 그 자리에서 엉엉 소리내며 눈물을 쏟았다.

"미안해, 여보. 소나야, 미안해. 미안……."

소나도 엄마도 엉엉 울었다. 소나와 엄마의 힘으로는 아빠를 부축하는 것이 쉽지 않았다. 소나도, 소나 엄마도, 소나 아빠도 앞으로가 참 많이 두려웠다. 소나는 그렇게 잘 웃던 아빠가, 유머러스한 아빠가 이렇게 서럽게 우는 모습은 처음 보았다. 항상 듬직했던 아빠가, 커 보였던 아빠가 이렇게 작았었나. 마음이 수많은 바늘에 찔리면 이런 기분일까, 소나의 마음이 따갑고 따끔거렸다.

* * *

한 달. 시간은 참 빨랐다. 여름방학이 시작되었다. 아빠는 왼팔에 투석을 진행하기 위해 인조 혈관 수술을 마치고 가슴 위의 카테터를 제거했다. 아빠의 체력도 조금씩 나아졌다. 느리지만 느린 대로 가족의 새로운 일상이 만들어지고 있었다.

소나와 엄마는 이번 주 아빠의 병원 당번을 정하기 위해 가위바위보를 했다. 소나가 바위, 엄마가 가위였다.

"앗싸! 엄마, 이번 주에는 내가 아빠 데려오는 당번이야. 그럼, 늦잠 좀 자도 되겠네!"

"어째 가위를 내고 싶지 않더라니! 알았어. 아침에는 엄마가 갈게."

엄마는 아빠를 데려다주는 당번, 소나는 데리러 오는 당번이다. 그 모습을 보던 아빠가 말했다.

"어, 가는 거는 혼자 할 수 있는데."

"아직 안 돼!"

소나와 엄마가 동시에 외쳤다.

벌써 몇 번째 오는 투석실이지만, 아빠는 들어갈 때마다 가슴이 턱, 하고 막히는 기분이었다. 두꺼운 두 개의 바늘이 피부를 뚫고 혈관으로 들어가는 순간의 고통은 이루 말할 수 없이 컸다. 간호사가 말했다.

"바늘 들어갑니다."

"으윽!"

그 모습을 바라보는 엄마의 이마에도 주름이 잡혔다. 그렇게 바늘을 싫어하던 아빠가 굵은 바늘을 이렇게나 많이, 오래 맞게 되다니. 바늘이 아니라 못이 탕, 탕, 박히는 것만 같았다.

오후가 되자 소나가 병원에 도착했다. 5시가 되려면 아직 30분 정도 여유가 있었다. 인공투석실을 이리저리 둘러보던 소나의 눈에 투석 환자들이 조심해야 하는 식품 목록표가 보였다.

칼륨 고함량 주의 식품	인 고함량 주의 식품
감자, 고구마, 잡곡류, 밤, 옥수수, 검정콩, 노란콩, 양송이, 시금치, 단호박, 곶감, 멜론, 바나나, 키위, 토마토, 천도복숭아, 참외, 초콜릿, 저염 소금 등	율무, 현미, 새우, 멸치, 오징어, 달걀노른자, 아이스크림, 치즈, 커피, 쌍화차, 미숫가루, 요구르트 등

"헐, 달걀노른자도? 못 먹는 음식이 뭐 이렇게 많나?"

소나는 식품 목록표를 보며 먹고 싶은 걸 먹지 못하는 아빠가 얼마나 힘들까 싶었다. 미숫가루는 매년 여름이면 아빠와 소나가 즐겨 먹는 간식이었는데.

어느덧 5시가 되었고, 소나는 아빠가 누워 있는 33번 투석 침대로 향했다. 침대에 누워 있던 아빠가 소나를 향해 손을 흔들었다. 간호사가 아빠의 혈압을 측정하며 말했다.

"혈압 다 재고 마무리할게요. 혈압이 좀 높네요."

"투석실만 오면 마음이 답답해서 그럽니다."

"맞아요. 투석실에 오는 거에 스트레스를 많이 받으면 혈압이 올라가는 경우가 있긴 해요."

"신기하게 집에 가면 혈압이 정상입니다요."

"조금 더 지켜 볼게요. 너무 높으면 혈압약 드셔야 해요."

투석실에 오는 것 때문에 혈압이 오를 정도라니, 소나는 아빠가 투석실에 오는 게 얼마나 힘든지 이해가 되었다. 간호사가 아빠의 팔에서 샤프심보다 몇 배는 두꺼운 바늘을 빼냈다. 소나는 자신도 모르게 표정을 찡그렸다. 첫 번째 바늘을 빼고, 두 번째 바늘을 빼는데 피가 위로 팍, 튀었다. 소나는 깜짝 놀라 눈이 휘둥그레졌다.

"헉!"

그런데 간호사는 아무렇지 않은 표정이었다. 피가 튀었는데 어떻게 이렇게 침착할 수 있을까? 아빠도 자주 일어나는 일이라는 듯 대수롭지 않은 표정이었다. 아빠의 표정이 소나의 마음을 한층 더 아프게 했다. 멍하니 서 있는 소나를 향해 아빠가 힘없이 손짓했다.

"아빠 좀 일으켜 줘."

택시를 타고 집으로 가는 길에 아빠가 소나에게 혈관을 이식한 팔을 보여 줬다.

"이거 징그럽지?"

혈관이 울퉁불퉁 굵게 튀어나와 있었다.

"아니, 잘 티도 안 나요."

"쳇, 거짓말."

소나는 아빠의 표정이 마음에 걸려 저녁밥도 먹는 둥 마는 둥 했다.

"음식을 안 먹고 그러면 안 됩니다. 신장 관리 잘해야죠. 소나 신장은 내 건데~"

"엥? 뭐라고요?"

"내 거라고. 잘 관리해서 아빠한테 줘야지~"

짧은 순간 여러 가지 생각이 머리를 스쳐 지나갔다. 그래, 낳아주고 키워준 것만으로도 신장 이식 정도는 당연히 해야 한다는 생각. 아냐, 이건 바늘 도둑이 소도둑 되는 격이야! 딸이라는 이유만으로 장기가 아빠 것이 되는 건 아니라는 두 가지 생각이 소나의 머릿속을 요동쳤다.

방으로 들어온 소나는 휴대전화로 신장이식을 검색했다.

"신장 이식을 하면 투석을 하지 않아도 된다. 가족 이식은 부작용이 적은 편이다."

계속해서 스크롤을 내렸다.

"딸이 아빠에게 신장 이식해 준 사례도 많기는 하네. 하지만 신장 하나로는 체력이 많이 떨어질 수 있다니……."

신장을 이식한다고 해서 백 퍼센트 회복되는 것은 아니었다. 이식을 한 다음에 몸에 맞지 않으면 다시 투석하게 될 수도 있다는 내용도 있었다. 과연 어떻게 해야 할까? 투석실에서 괴로워하는 아빠의 모습을 생각하면 마음이 복잡했다. 고민하던 소나는 준우에게 카톡을 보냈다.

- 뭐해? 어디야?
- 카페.

소나는 준우가 있는 준카페로 향했다. 열심히 일하고 있는 준우의 키가 유독 더 커 보였다.

"류준우, 너 중2 때부터 갑자기 엄청 크더라. 지금 키가 얼마나 돼?"

"나? 178."

"우리 아빠랑 비슷하네. 나도 너처럼 키 크고 싶어. 어떻게 하면 키가 크냐?"

"왜?"

"아빠를 부축하는 게 좀 힘들어. 내가 좀만 더 컸으면, 편하게 병원을 왔다갔다 할 수 있을 텐데."

"많이 먹으니까 크던데?"

"그래? 많이 먹어야겠다! 류준우 사장님 여기 왕 토스트

하나요~"

"아우, 바빠 죽겠는데."

준우가 주방으로 들어가자 소나는 주방 쪽을 보며 슬쩍 물었다.

"근데 넌 가족을 위해서 어디까지 할 수 있어?"

"갑자기? 음, 이렇게 가게 봐주는 거? 사실 뭐든지 할 수 있어."

"정말 뭐든 할 수 있어?"

"응, 그럼! 특히 엄마를 위해서라면 뭐든지."

"류준우 넌 참 효자야. 매번 엄마 가게 이렇게 봐주는 아들이 어디 있어? 진짜 효자!"

"형이 효자고, 난 아냐."

"에이, 준호 오빠는 가게도 잘 안 보던데 뭘."

토스트를 만들며 준우가 멋쩍게 웃었다.

* * *

어느덧 개학이었다. 소나는 준우네 카페에서 교복 와이셔츠에 체육복 하의를 입은 채 테이블에 엎드려 입을 삐죽

거리고 있었다.

"아, 너무 힘들어."

"그래도 소중한 존재에게 도움이 될 수 있다는 건 축복이야."

준우가 차분하게 말했다. 그런 준우의 말이 바늘이 돼서 소나를 콕, 찔렀다.

"뭐? 니가 뭘 안다고?"

소나의 말도 바늘이 돼서 준우를 콕, 찔렀다.

"다시 한번 말하지만, 소중한 사람이 힘들 때 옆에서 힘이 될 수 있는 건 감사한 일이야."

"야, 류준우! 너 내가 얼마나 괴로운지 아냐고!"

준우는 말이 없었다.

"아빠한테 신장을 주어야 하는 걸까? 혹시 신장을 떼주고 내 건강이 나빠지면 어쩌지? 안 주면 안 될까? 이런 이기적인 생각을 해본 적 있냐고!"

소나가 울부짖듯 말했다.

"왜 내가 모른다고 생각해?"

"넌 모르니까! 환자를 돌보는 게 얼마나 힘든지 알아? 진짜 온몸이 쑤시고, 아빠는 너무 무겁고, 왜 우리 아빠만 아픈 건지 싶고, 난 아직 어린데 왜 나한테 이런 일이 일어난 건지 싶고. 월, 수, 금은 학교 마치면 바로 병원에 뛰어가야 하고! 언제까지 이걸 해야 하는지 모르겠고. 아, 근데 이런 생각을 하는 내가! 이게 다 내가 나쁜 애라서 이런 생각을 하는 것 같아서 속상한 내 맘을 아냐고!"

"야, 임소나! 넌 너만 힘들지? 너만 세상 아픔 다 가지고 있는 거 같지?"

무표정한 얼굴로 준우가 카페 테이블을 닦던 행주를 들고 목소리를 높였다.

"그래, 난 지금 내 아픔이 제일 크다! 친구가 죽을 것 같이 힘들다는데 그거 좀 들어주는 게 그렇게 힘드냐?"

그때 준우 엄마가 카페로 들어왔다. 준우 엄마가 오자, 준우는 가방을 챙겼다. 방금까지 무표정했던 얼굴을 풀고 엄마를 향해 미소를 지었다.

"엄마, 몸 괜찮아요? 테이블은 다 닦았어요. 마감하고 이따 뵈어요."

"야, 류준우!"

소나가 소리쳤지만, 준우는 무시한 채 그대로 밖으로 나갔다. 놀란 소나는 멍하니 자리에 앉아 있었다.

'지, 자기노 힘는 거 나한테 다 말하더니 갑자기 왜 저러는 거야? 내가 너무 심했나?'

소나가 한숨을 푹 쉬었다.

"저기, 소나야."

"네, 이모."

"이보가 할 말이 있는데."

소나는 준우 엄마 옆으로 자리를 옮겼다.

"사실 준우 낳고 이모도 신장이 너무 안 좋아져서 투석을 했었어. 십 년 넘게 했을 거야. 그러다가 준우가 중학교 들어가기 전에 준우 형에게 신장을 이식받았지. 준우는 그때 자기가 어려서 아무 도움이 되지 못했다는 걸 미안해하더라고."

준우 엄마는 왼쪽 팔에 끼고 있던 팔토시를 내렸다.

울퉁불퉁한 혈관이 소나의 눈에 들어왔다. 투석실에 있던 환자들에게서 봤던 혈관과 비슷했다. 꽤 오랜 시간 투석을 한 자국이었다.

"이 팔토시 예쁘지? 이거 준우가 만들어줬어. 팔토시를 보면 힘이 나."

준우 엄마는 미소를 지었다. 소나는 멋쩍은 표정을 지으며 머리를 긁적거렸다.

 카페를 나와 한참을 걷던 소나는 문득 주변을 둘러봤다. 큰 건물마다 인공 신장실이라고 불리는 혈액 투석실이 참 많았다. 주변에 이렇게 많은 인공 신장실이 있었다니. 그동안은 관심이 없어서 이런 게 있는 줄도 몰랐다. 역시 사람들은 자신이 겪지 않은 일에는 관심이 없다.
 준우도 마찬가지다. 준우에게 그런 일이 있었는지 몰랐다. 말하지 않아서 몰랐다. 아니, 어쩌면 관심이 없어 흘려들었는지도 모를 일이었다. 준우와는 중1 때 같은 반이 되면서부터 친해졌다. 준카페도 그때 생겼다.
 "아, 그러고 보니 준우가 이 동네로 이사 온 게 중1 때였어. 나보다 훨씬 어렸구나. 엄청 힘들었겠네."
 소나는 준우에게 퍼부었던 말들이 떠올라 이마를 쳤다.
 "아웅. 어쩌지?"
 생각해 보니 소나는 준우에 대해 모르는 게 많았다. 사람들은 친한 친구에게, 익숙한 존재에게 함부로 대하곤 한다. 뒤늦은 후회가 밀려왔다. 소나는 아파트 놀이터 그네에 앉아, 준우에게 카톡을 보냈다.

- 야.

- 자냐?

- 야, 류준우!

 답이 없었다. 집으로 가려고 그네에서 일어나는데, 교복 셔츠가 그넷줄에 걸려서 주욱 터지고 말았다.

"아우! 하필!"

 소나는 씩씩거리며 집으로 향했다. 집에 도착해서도 몇 번이고 준우에게 보낸 카톡을 확인했지만, 카톡의 1은 사라지지 않았다. 자꾸만 사람들의 말이 바늘이 돼서 소나를 콕, 콕, 콕, 찔러왔다. 소나의 입에서 나온 말들도 바늘이 돼서 사람들을 콕, 콕, 콕 찔러댔다. 소나는 찌르는 것도, 찌름을 당하는 것도 정말 싫은데. 무엇 하나 마음대로 되지 않았다.

 소나가 찢어진 셔츠를 들고 소파에 누워 있는 엄마에게 조심스럽게 다가갔다.

"존경하는 어머니, 혹시 주무시나요?"

"아니~ 딸이 또 무슨 사고를 쳤을까?"

"의사 선생님, 대수술을 부탁드려야 할 것 같습니다."

"무슨 수술인가?"

"셔츠가 그만 찢어져 버렸습니다."

"으이그! 반짇고리함 가져와 봐!"

엄마는 바늘구멍에 실을 넣어 셔츠를 꿰매기 시작했다.

"엄만 바느질을 어쩜 이렇게 잘해요?"

"처음엔 못했는데 하다 보니 늘었어."

"난 바늘이 정말 싫어요."

"그래? 엄만 바늘이 좋은데."

"왜요?"

"봐봐, 이렇게 터져서 갈라진 셔츠 사이를 이어주잖아."

엄마는 말없이 셔츠를 꿰매기 시작했다. 어느새 셔츠가 감쪽같이 복구되었다.

"다했다! 근데 딸, 얼마나 신나게 놀았길래 셔츠 옆구리가 이렇게 돼? 어? 혹시 이거 살쪄서 터진 거 아니야?"

"아아! 엄마, 아니라고요!"

소나는 엄마의 말에 웃음을 터트렸다. 그러면서 깔끔해진 셔츠처럼, 벌어져 버린 준우와의 사이도 꿰매봐야겠다고 생각했다.

* * *

 토요일. 오늘은 아빠가 투석을 가지 않기 때문에 소나는 모처럼 빈둥거릴 수 있는 아주 자유로운 날이었다. 침대에서 기지개를 켜며 카톡을 켰다. 하지만 준우에게 보낸 카톡 1은 아직도 사라지지 않았다.
 "얘가 대체……."
 이렇게 오래 카톡을 읽지 않는 건 처음이었다. 단단히 뿔이 난 게 분명했다.
 "벌어진 사이를 어떻게 꿰매지? 그래! 일단 만나보자!"
 소나는 벌떡 일어나 모자를 푹 눌러쓰고 슬리퍼를 끌고 무작정 밖으로 나갔다. 소나가 가장 먼저 향한 곳은 준카페였다.
 "류준우~"
 "준우 없는데."
 "이모, 혹시 준우 어디 갔는지 아세요?"
 "그러게. 일찍 어딜 간 거 같은데. 아침에 카페 나올 때도 집에 없더라고."
 "혹시 학교에 갔나?"

소나는 어느새 뜨거워진 햇볕 때문에 흐르는 땀을 닦으며 학교로 달려갔다. 하지만 운동장에도 준우는 없었다. 교실 문은 굳게 닫혀 있었다.

"도대체 어디를 간 거야?"

준우를 찾지 못한 소나가 슬리퍼를 질질 끌며 아파트 상가를 지났다. 집으로 들어가려다가 놀이터로 향했다. 그런데 놀이터 옆 사각 정자에 준우가 누워 있었다.

"야, 류준우 안 더워? 그리고 카톡 왜 씹냐?"

"……."

"나랑 말 안 할 거야?"

여전히 대답이 없자, 소나는 준우 옆에 벌렁 누웠다.

"류준우~ 아무래도 지금 우리 사이에는 바느질이 필요한 것 같다!"

"뭐래?"

"미안해."

소나가 사각 정자 천장을 바라보며 말했다.

"내가 진짜 미안하다고."

소나의 진심이 담긴 말에 준우의 마음이 조금 꿰매지는 것 같았다.

"소중한 친구는 더 소중하게 대해야 하는데 생각해 보니까 내가 너한테 너무 아무 말이나 다 한 거 같아. 미안해. 오늘은 네 이야기를 듣고 싶어."

준우는 한동안 말이 없었다. 얼마 뒤 준우가 이야기를 시작했다.

"나 솔직히 아빠를 간병할 수 있는 네가 부러웠어. 엄마가 그렇게 될 때 난 아무것도 몰랐거든. 아마 엄마가 자주 곁에 없어 더 짜증 내기만 했던 것 같아. 형이 엄마한테 신장을 이식해 줬어. 정작 엄마는 나를 낳고 그렇게 됐는데 난 아무 도움도 못 된 거야. 생각할수록 후회가 돼. 엄마가 힘들 때 힘이 되어주지 못해서. 그래서 나도 모르게 너에게 화를 냈나 봐."

준우의 목소리가 가라앉았다. 그냥 들어주는 것, 그것이 지금 이 순간 소나가 할 수 있는 일이었다.

"그땐 나도 형처럼 힘이 세지도 않았고, 키도 크지 않았지. 물론 지금은 내가 형보다 크지만."

그렇게 얼마 동안 준우도 소나도 정자에 가만히 누워 있었다. 바람에 나뭇잎이 흔들렸다. 주변이 아주 조용했다. 소나는 복잡하던 마음이 정리되는 느낌이었다.

'그래, 나도 아빠에게 신장을 이식해 드리자. 소중한 아빠에게 내가 힘이 되어주자.'

준우가 폰을 보더니 정자에서 일어났다.

"들어줘서 고맙다. 한번은 얘기하고 싶었어. 이제 엄마 카페 교대해 줘야 해. 토스트 먹고 싶으면 따라오고."

"어, 같이 가!"

소나가 자리에서 일어났다.

"야, 류준우!"

소나가 준우를 불렀다.

"응?"

"이모 팔토시 네가 만들어줬다며? 이모가 팔토시 보면서 엄청 행복해하더라. 팔토시를 볼 때마다 힘이 난다고. 너무 속상해하지 마. 너는 존재 자체로도 이미 이모한테 힘이 됐을 거야."

준우가 그 자리에 가만히 멈춰 섰다.

"고맙다."

준우가 나직하게 말했다.

"고맙지? 그럼 혹시, 나 좀 도와줄 수 있냐?"

"뭘?"

"팔토시 만드는 법 좀 알려 줘."

"엥? 안 돼. 너 바느질 엄청 못 하잖아. 내 인내심으로 가능할지 모르겠다."

"야, 류준우. 그러지 말고 좀 도와줘라."

소나가 불쌍한 표정을 지었다. 준우는 무슨 일인지 알겠다는 의미로 미소를 지었다.

"알았어. 그럼 일단 팔토시 원단부터 사 와!"

소나는 항상 팔을 가려야 하는 아빠를 위해 팔토시를 만들기로 했다. 바늘에 찔리는 건 정말 싫지만 왠지 용기가 생겼다.

아빠가 소파에 앉아서 카드를 만지작거리고 있었다.

"아빠, 그거 뭐예요?"

"아, 이거."

복지 카드라는 글씨 아래 '임태욱' 아빠의 이름이 적혀 있었다.

장애 정도 중증

"허, 내가 신장 장애자래."

복지 카드를 보며 아빠는 씁쓸하게 웃었다. 소나는 가슴이 무거웠다. 무슨 말이라도 해서 아빠의 기분을 바꿔주고 싶었다.

"아빠, 내가 유튜브 보니까 일주일에 세 번 투석하던 사람이 좋아져서 두 번 하기도 한대요!"

"그건 불가능에 가깝지 않을까?"

아빠의 얼굴은 여전히 씁쓸했다. 사실 불가능에 가까운 일이 맞았다. 인터넷에서 찾아본 자료로는 거의 불가능에 가까운 사례라고 했다. 마치 바다에 떨어진 바늘을 찾는 것처럼.

* * *

어느새 투석을 시작한 지 석 달이 넘었다. 일요일 저녁이면 소나는 자신도 모르게 한숨을 쉬면서 마음이 답답했다. 내일이면 아빠가 또 얼마나 힘들어할까 싶어서 소나도 힘이 들었다. 투석실에 누워 있으면 아빠가 정상인이 아니라 환자라는 사실이 뼈저리게 느껴졌다.

"휴, 벌써 내일이 두렵다."

아빠가 중얼거렸다. 몸이 아픈 것도 아픈 것이지만, 아빠는 몸보다 마음이 더 많이 아픈 것 같았다. 완치될 수 없는 병을 가지고 있다는 사실은 몸보다 마음을 더 지치게 만들었다.

"에휴. 오늘따라 더 징그러워 보이네."

아빠는 황급히 울퉁불퉁 튀어나온 혈관을 손으로 가리며 소파에서 일어났다.

"엄마랑 교대하러 가야겠다!"

"아빠, 같이 가요!"

"응? 슈퍼는 왜?"

"음료수 하나 챙겨서 오게요!"

아빠와 소나는 아파트를 나와 슈퍼로 향했다. 유난히 더웠던 여름도 어느덧 지나가고 제법 선선한 바람이 두 사람을 감쌌다.

"왔어? 4분 늦었다! 나는 드디어 퇴근이네."

소나 엄마가 웃으며 반겼다.

이렇게 가족끼리 일상을 보낼 때면 아빠가 환자라는 걸 잊을 수 있었다. 짧지만 소소한 행복감이 밀려왔다.

"생수 매대 채워야겠다!"

아빠는 생수가 배달되어 온 것을 보고 6통짜리 생수 세트를 번쩍 들었다. 그러다가 그만 팔에 힘이 빠지면서 휘청거리다가 생수 세트를 떨어트렸다.

"와장창!"

생수통이 바닥에 요란한 소리를 내며 나뒹굴었다.

"아빠! 투석하는 팔은 힘쓰면 안 된다고 했잖아요!"

"아, 그게 생수 진열대가 비어 있어서."

"여보, 이제 무거운 건 들지 마. 그건 내가 할게요."

그래. 아빠는 환자다. 절대 나아지지 않는 환자. 그걸 잊을 수는 없었다.

월, 수, 금. 낮 12시부터 2시까지 엄마는 아빠와 병원에 가기 위해 슈퍼를 닫았다. 소나는 학교가 끝나면 병원으로 아빠를 데리러 가기 위해 매번 종종거리며 달려야 했다. 두 사람은 피곤함을 숨기려고 애썼지만 전부 숨길 수는 없었다. 그런 두 사람을 볼 때마다 가족에게 아주 무거운 짐이 된 것 같아 아빠의 얼굴은 어두워져만 갔다.

"내가 왜 사는지 모르겠다."

소나의 머릿속에 계속해서 아빠의 말이 맴돌았다. 소파에 누워 한동안 천장을 바라보다가 몸을 일으켰다. 뭔가 결심한 듯 현관을 나와 정류장으로 향했다. 도착한 곳은 동대문 시장이었다.

"팔토시에 적합한 원단이 뭔가요?"

"이 원단으로 하면 되는데, 색감은 학생이 원하는 걸로 정해요."

고민하던 소나는 바다를 품은 것 같은 푸른색 원단을 집어들었다.

소나는 준우의 도움을 받으며 팔토시를 만들기 시작했다. 점심시간이든, 쉬는 시간이든 틈이 날 때마다 바느질을 계속했다. 바느질 수행평가에서는 매번 가장 낮은 점수를 받지만, 필통의 형체도 알아볼 수 없게 만들지만, 이번에는 포기하지 않았다. 하지만 여전히 수시로 바늘에 찔렸다.

"앗, 따가워!"

이렇게 작고 얇은 바늘에 찔려도 아픈데, 이 바늘보다 몇 배는 두껍고 큰 바늘에 찔리는 아빠를 생각하니 마음이 아렸다.

"아빠도 이렇게 아플까? 아니다. 이것보다 훨씬 더 아프셨다."

 넓은 바다 한가운데 떨어진 바늘을 찾을 수 있는 확률은 얼마나 될까? 바다에서 바늘을 찾는다는 건 도저히 이루기 어려운 일일지도 모른다. 누군가는 가능하지 않은 것을 이루려고 애쓴다고 비웃을지도 모른다.

 하지만 찾을 수도 있다. 아주 적은 확률이라도 가능성이 있기에. 왜 사는지 모르겠다는 말을 넣어두라고. 포기하지 말라고. 너무도 힘들겠지만 그럼에도 이겨보자고. 같이 이겨보자고. 소나 자신의 마음이 아빠에게 닿기를 바라며 셀 수 없이 많이 바늘에 찔리면서도 팔토시를 만들었다. 곱게 모인 소나의 마음은 어느새 푸른색의 예쁜 팔토시가 되었다.

 아빠는 멍하니 소파에 앉아서 텔레비전을 보고 있었다.
 "여행 가고 싶다."
 아빠가 중얼거렸다. 화면에는 여행 유튜버가 지중해를 관광 중이었다. 아름다운 푸른색 바다가 한없이 펼쳐져 있었다.
 "가면 되죠!"

"허허. 이 몸을 하고 여행을 어떻게 가?"

소나는 가방을 열고 푸른색 팔토시를 꺼냈다.

"자, 이거요. 아빠 선물!"

"뭐야, 이거 소나가 만든 거야?"

소나가 울먹이며 고개를 힘차게 끄덕였다.

"나 바늘 엄청나게 싫어하는데. 바늘에 찔리는 거 정말 싫어하는데, 이번에도 엄청 찔렸지만 그럼에도 이겨내고 만들었어요."

소나의 두 눈이 촉촉해졌다.

"그러니까 아빠도 이겨내라고요. 같이 해내자고요. 왜 사는지 모르겠다고 하지 말고요. 왜냐면 난, 나는 아빠 없으면 안 되니까."

아빠는 말없이 팔토시를 받았다. 아빠의 두 눈도 촉촉해졌다.

* * *

일요일 오전, 아빠가 소나를 깨웠다.

"임소나 양~ 두 시간 주겠어요."

"에? 뭘 두 시간 줘요?"

"10시에 택시 오기로 했어! 준비 안 하면 엄마 아빠만 여행 간다~!"

"여행?"

"그래, 오늘 슈퍼 문 닫고 다 같이 여행 가자!"

소나가 시계를 봤다. 오전 8시였다.

"어디 가는데요?"

"바다!"

"바다?"

"소나가 그랬잖아. 여행은 가면 된다고. 하면 된다고. 당일치기 여행도 여행이잖아!"

집 앞에는 택시 한 대가 서 있었다. 아빠가 뿌듯한 표정을 지으며 윙크를 날렸다.

"찾아보니까 복지카드가 있으면 바우처 택시를 부를 수 있더라고. 일반 택시보다 저렴하기도 하고~! 완전 짱이지? 이건 아빠만의 특권이야. 얼른 타!"

다리가 불편한 아빠를 뒷좌석에 먼저 태우고, 소나가 옆에 앉았다. 소나는 창문으로 펼쳐지는 가을 풍경을 바라보는 아빠를 보며 생각에 잠겼다.

'아빠가 신장을 이식받으면 택시 정도는 거뜬하게 혼자 탈 수 있겠지? 맛있는 것도 맘대로 먹을 수 있겠지? 지금보다는 더 건강해지겠지?'

소나는 아빠에게 몸을 기대고 귓속말을 했다.

"아빠, 내 신장 하나 아빠 드릴게요."

"응?"

"내가 신장 드릴 테니 신장 이식해요. 그럼 이렇게 힘들지 않아도 되잖아요."

아빠가 소나를 빤히 쳐다보다가 피식 웃으며 고개를 가로저었다.

"아니, 어떻게 네 신장을 이식받아? 말도 안 되는 소리! 사양할게."

"네? 그럼, 지난번에 내 신장이 아빠 거라면서 왜 잘 먹으라고 했어요?"

"그건! 임소나 양 건강 챙기라고요! 그동안 아빠 걱정하느라 뭘 못 먹었잖아. 농담한 거지!"

맞다, 임태욱 씨는 이렇게 농담을 진담처럼 하는 재주가 있는 사람이었지, 이렇게 잘 웃는 사람이었지, 소나의 눈에 팔토시가 들어왔다.

"아빠는 바늘이 싫어요?"

"응. 엄청~ 엄청~ 싫어. 아프거든."

아빠는 생각만 해도 싫다는 듯이 표정을 찡그렸다. 그러다 피식, 웃으며 말했다.

"근데 좋기도 해. 고맙기도 하고."

"에? 아프다면서? 싫다면서요?"

"실은 좋아해, 바늘을. 주사를 맞으면 소나랑 엄마랑 함께할 수 있게 해주잖아. 우리 가족 함께할 수 있다면 아픈 것도 참을 수 있지."

"아빠. 실은 나도 좋아해요, 바늘을."

"엥? 우리 소나는 바늘 엄청나게 싫어하잖아. 예방접종 안 맞겠다고 병원을 뛰어다녀서 얼마나 힘들었다고!"

"에이! 아빠, 초딩 때 일을 아직도 안 잊은 거예요? 그만 좀 해요!"

"큭, 알겠어~"

소나는 아빠가 끼고 있는 푸른색 팔토시를 가리켰다.

"바늘 덕분에 아빠 선물 만들 수 있었으니까요."

소나는 뿌듯하다는 듯이 양손으로 브이를 만들며 고개를 끄덕였다.

"좋다. 하하하!"

아빠는 푸른색 팔토시를 바라보면서 크게 웃었다. 엄마가 조수석에서 돌아보며 말했다.

"뭔데? 같이 웃자!"

소나 가족을 태운 바우처 택시는 푸른 바다를 향해 힘차게 달려갔다.

매일 아침 번호판을 읽는 소녀

최하나

'232아 778X'

'556자 999X'

'556사 234X'

"휴."

서안이는 가슴을 쓸어내렸다. 오늘도 무사통과다. 눈이 아픈 뒤로는 매일 아침 등굣길에 집 주변에 주차된 차들의 번호판을 읽어본다. 양쪽 눈을 번갈아 가리며 번호를 읽어 내리는 가슴은 조마조마하기만 했다. 다행히 더 나빠지지는 않은 모양이다. 그제야 선글라스를 꺼내 끼며 학교로 향했다. 멀리 교문이 보이자 선글라스를 벗고 실눈을 뜬 채 조심조심 걸었다.

"왔어?"

"응."

"이거 봐봐. 애니 이번에 뜬 건데. 완전 재밌어."

친구 하은이가 휴대전화를 내밀었다. 하지만 서안이는 미적거렸다.

"왜? 재미없을까 봐? 앞에 딱 1분만 보면 돼."

서안이는 불안함에 손바닥이 축축해지는 것을 느끼며 애니메이션 재생 버튼을 눌렀다. 아니나 다를까. 요즘 유행이라는 섬광효과가 초반부터 사용되고 있었다. 빛이 번쩍일 때마다 자신도 모르게 움찔거리며 눈을 감았다가 떴다. 어쩔 수 없이 하은이가 권해준 애니메이션 보기를 포기하고 눈을 질끈 감은 채 휴대전화를 건넸다. 하은이는 입이 뾰로통해져서 자기 자리로 돌아갔다.

"그 정도는 아닌데……."

"왜? 또 유난이야?"

"아니 그런 건 아니지만 매번 거절당하는 기분도 썩 좋질 않네."

하은이는 들으라는 듯 큰 목소리로 짝꿍에게 불편한 내색을 비쳤다. 서안이는 할 말이 없었다. 그저 고개를 떨구고 자기 자리로 돌아갈 뿐. 오늘도 힘든 하루가 될 것 같다는 생각에 마음이 먹먹했다.

'여름도 싫고 겨울도 싫어.'

이제는 뚜렷한 사계절이 사라져 봄가을을 맛보기가 쉽지 않지만 서안이는 두 계절을 몹시도 좋아했다. 그 이유는 분명했다. 에어컨과 히터 때문이었다. 요즘같이 더운 날에 에어컨이라도 틀면 차가운 바람이 눈가로 날아들면서 마치 얇은 커터칼로 베는 듯한 아픔이 느껴지기 때문이다. 그 때문에 항상 담요를 어깨에 두르고 수업을 할 때면 몸을 작게 움츠려야 했다.

서안이의 이상한 자세를 볼 때면 선생님들은 꼭 한 번씩 지적했고, 그때마다 반장이 나서서 눈이 아픈 친구라고 설명해야 했다. 하지만 그렇다고 해도 신경 쓰이는 건 사실이다. 게다가 서안이라고 덥지 않은 것은 아니었다. 교복 안으로 땀이 뚝뚝 흘러내렸지만, 담요를 벗어 던질 수도 없었다. 그러다 보니 자연스레 여름이 싫어진 거였다. 그래도 겨울과 비교하면 그나마 다행인 거였다.

히터를 트는 계절이 되면 건조함 때문에 눈 속은 모래 알갱이로 가득 찬 것만 같았다. 두 손으로 눈을 터뜨리고 싶을 정도로 가렵고 따가웠다. 어쩔 수 없이 서안이는 겨울이면 고글을 끼고 수업을 들었다. 그 모습이 우스운지 친구들은 가끔 개그 소재로 사용하기도 했다. 악의는 없다는 걸 알기에 대놓고 제지하지는 못했다. 그저 묵묵히 이 상황을 견딜 수밖에. 열다섯, 속상한 마음을 삼키기에는 너무 어린 나이다.

"자, 오늘부터 농구할 거야. 한 학기 동안 팀 그대로 토너먼트로 진행할 테니까 열심히 해보자고!"

3교시 체육수업. 선생님이 큰 목소리로 강당 안에 모인 아이들에게 말했다. 농구는 아이들이 가장 바라고 기다려온 수업이기도 했다. 앉아 있는 것만 좋아할 것으로 보여도 사실 여자아이들은 몸을 부딪치고 이리 뛰고 저리 뛰는 스포츠를 꽤 좋아했다. 원래는 간간이 피구나 발야구를 했지만, 정식 스포츠를 제대로 경험해야 한다는 선생님의 의지로 한 학기 내내 농구수업을 진행하게 된 것이다. 그 이야기를 들었을 때는 서안이도 약간 설레기는 했다. 하지만 이내 공을 가지고 주고받고 던지는 모습을 상상하자, 고개를 저어야 했다.

'잘못해서 패스하다가 눈에 공이라도 맞으면?'

그 모습을 떠올리니 신음소리가 절로 나왔다. 자신도 모르게 그대로 눈을 가린 채 주저앉아 버렸다. 그러자 청연이가 달려와 서안이를 부축하며 일으켜 세웠다.

"괜찮아? 무슨 일이야? 또 눈 아파?"

걱정스러운 얼굴로 바라보며 달래주는 청연이 덕분에 서안이는 조심스럽게 눈을 뜨고 고개를 내저었다.

"아냐……. 그냥, 잠깐 뭐 생각하다가."

자신의 극단적인 상상을 입으로 내뱉을 수 없어 둘러댔다. 또 눈이 아프다는 사실을, 그런 걱정을 하는 자신을 밝히기 싫었기 때문이다.

"그럼 다행이고."

청연이는 연서와 시연이 그리고 하은이를 부르더니 서안이와 함께 뒤쪽으로 서자는 몸짓을 했다. 같은 조가 되자는 말이었다.

"자, 그럼 조를 짜볼까? 5명이 한 팀이어야 하고 남는 인원이 있으면 교체하면서 뛸 수 있도록 골고루 조에 넣어줄게. 일단 마음 맞는 친구들이 있으면 너네끼리 조를 짜봐."

선생님의 말에 청연이가 씩 웃었다. 자연스럽게 연서와

시연 그리고 하은이까지 합류하며 한 조가 완성되었다. 아이들은 꽤 만족스러운 듯 보였지만 서안이는 그렇지 못했다.

'제대로 못 하면 어쩌지? 무서워서 공을 못 받겠다고 하면 애들이 뭐라고 생각할까? 공이 무서워서 피하는 게 아닌데.'

서안이는 그저 발끝으로 강당 바닥을 콩콩 두드렸다.

* * *

'아무도 없겠지?'

체육수업이 끝나고 서안이는 화장실 맨 끝 칸으로 몸을 숨겼다. 그러고는 체육복 주머니에 숨겨두었던 약을 꺼내 물과 함께 꿀꺽 삼켰다. 불안장애 약이었다. 눈에 생긴 장애로 매번 긴장하고 불안함을 느끼는 탓에 부모님과 상의해 정신과 상담을 다니는 중이었다. 하루에 두 번 복용해야 하는 약의 존재는 때로는 든든했지만 때로는 불편하고 껄끄러웠다.

"서안아, 너 약 먹는 거 친구들한테는 절대 말하면 안 돼? 알았지? 특히 친한 친구면 더 안 돼. 엄마 말 들어. 다 너를 생각해서 하는 말이야."

엄마는 첫 진료를 보고 집에 돌아온 날 서안이의 양손을 붙잡고 신신당부했다. 서안이는 고개를 끄덕였다. 엄마의 당부가 아니더라도 정신과 약을 먹는다는 사실을 밝히고 싶은 생각은 없었다. 하지만 또 하나 시원하게 말할 수 없는 비밀이 늘었다는 생각에 마음은 무거웠다.

5교시가 되자 아이들 모두 졸음을 참기 어려운 모양이었다. 군데군데 하나둘 고개를 떨구며 조는 아이들이 보였다. 과학 선생님은 처음에는 봐주다가 더는 안 되겠다고 생각했는지 창가 커튼을 모두 걷으라고 했다.

"자자, 일어나!"

그리고 꺼놨던 조명까지 모두 켜며 교실 안을 환하게 밝혔다. 깊숙이 파고드는 직사광선 때문에 교실은 한층 환해졌다. 이제 모두 잠이 서서히 깨는 듯했다. 그때였다. 서안이가 책상 밑으로 기어들어 간 게.

"왜 그래? 괜찮아?"

선생님은 당황해 어쩔 줄 모르고 아이들은 서안이 주변

으로 모여늘었다. 하지만 서안이는 그 안에서 나오지 못한 채 마른 울음을 울고 있었다. 영구 장애로 눈물마저 제대로 분비가 안 되는 탓에 자신의 감정을 표현하기조차 힘들었다. 결국, 선생님이 서안이의 자리로 와서 몸을 낮추며 손을 내밀었다.

"왜 그래? 무슨 일인데? 이러지 말고 나와서 이야기하자. 선생님이랑 따로 말할까? 그래, 복도로 나가자고."

하지만 서안이는 손을 뿌리치고 책상 밑에서 나오지 않았다. 결국, 하은이와 청연이가 나섰다.

"저, 선생님. 서안이가 눈이 좀 안 좋은데요. 그것 때문인 거 같아요. 저희 교실에 불을 두 칸씩 꺼놓은 것도 사실 그것 때문이고요. 아마 지금은 말하기가 좀 곤란한 것 같고, 저희가 데리고 나가볼게요."

그러더니 청연이는 책상을 번쩍 들어올렸다. 웅크린 서안이가 보였다. 하은이는 서안이를 부축해 일으켜 세운 다음 교실 뒤편으로 데리고 나갔다.

"어, 일단 설명한 데까지 다시 읽어보면서 자습하고 있어? 알았지?"

선생님은 그 뒤를 따라나섰다. 하지만 그사이 수업을 마치는 종이 울렸고 당황한 과학 선생님은 다음에 이야기하자고 서안이의 어깨를 두드리고 교무실로 향했다. 복도에 남겨진 서안이의 얼굴은 새빨개져 있었다. 이 모든 사건의 원인이 자신이라는 생각에, 또다시 이런 식으로 모두의 주목을 받게 되었다는 생각에서였다. 하은이는 괜찮다며 달래주었다. 하지만 서안이의 기분은 쉽사리 나아지지 않았고 결국 하은이는 혼자 교실로 들어갔다. 서안이는 그대로 주르르 흘러내리듯 복도의 벽에 기대 주저앉아 고개를 파묻었다.

"오늘 무슨 일 있었어?"
"왜?"
집으로 돌아온 서안이는 옷을 갈아입으며 건성으로 되물었다.
"아니, 선생님이 전화하셨더라고."
"왜? 또? 다 알잖아."
서안이는 퉁명스럽게 말하더니 방으로 들어가 문을 잠가버렸다. 이런 이야기를 나누는 것도 이제는 지겨웠다. 가방 속의 약을 꺼내 물도 없이 삼키고 억지로 잠을 청했다.

* * *

'232아 478X'

'456사 762X'

서안이는 뭔가 다르다는 걸 감지했다. 매일 같이 루틴처럼 행하는 의식인 번호판 읽기가 어려워졌기 때문이다. 정확하게 보려고 눈을 부릅뜰 때마다 마치 양파로 눈동자를 비비는 것처럼 따가웠고 숫자는 흐릿해졌다. 간신히 앞의 글자를 읽는다고 해도 뒷부분으로 가면 흐려지거나 겹쳐 보였다. 그럴 때마다 손으로 눈을 비비고 다시 읽고 싶었지만 눈을 비비면 더 큰 일이 일어날 수도 있기에 그러지도 못했다.

실제로 서안이처럼 눈에 이상이 있는 사람이 무심코 세게 눈을 비볐다가는 수술까지 하게 될 수도 있었다. 어쩔 수 없이 짧은 옷소매를 끌어당겨 콕콕 눈을 찍어 보았지만, 결과는 같았다. 서안이는 절망스러움에 자리에 주저앉고 말았다.

'이러면 안 되는데, 정말 안 되는데…….'

빈호판 읽기가 잘 안 되면 그날 하루를 통째로 망치게 된다는 걸 알기에 좌절감은 더 컸다. 컨디션이 좋지 않으니 이대로 학교에 가는 건 의미가 없겠다 싶어 무거운 발걸음을 집으로 돌렸다.

"아니, 왜 돌아왔어? 무슨 일이야?"

현관문을 열다가 서안이가 우두커니 서 있는 모습을 발견한 엄마가 놀란 눈을 떴다. 그 전에도 눈 상태가 좋지 않았을 때면 있었던 일이었기 때문이다.

"엄마."

이번만큼은 메마른 눈에도 눈물이 가득 고였다. 실핏줄까지 붉어져서 벌건 눈이 더욱 괴기스러울 정도였다. 엄마는 서안이를 품에 안으며 다독였다.

"괜찮아, 괜찮아질 거야. 엄마가 대신 아팠음 좋겠다. 어쩌면 좋니. 이렇게 어린 나이에."

"원인은 알 수 없습니다만 상태가 조금 안 좋아진 것 같긴 하네요."

"조금이요? 아예 글자 응시를 못 한다는데요?"

"지금 검사상으로 그 원인이 뭔지는 나오지 않네요. 무리

해서 일시적으로 나타나는 현상일 수도 있으니……."

"복시에 상 흐려짐까지 있는데 멀쩡하다고요?"

"멀쩡하다는 게 아니라 불편하실 수는 있지만, 검사결과로는 원인이 뚜렷하게 발견이 되지 않고 수치 자체가 정상에서 크게 벗어나 있지는 않아요."

어두컴컴한 진료실에 앉아 있던 의사는 난처하다는 듯한 표정을 지으며 말했다. 서안이는 그 동안 수없이 들어왔던 똑같은 말에 다시 한번 절망감을 느꼈다.

"일단 인공눈물을 좀 더 자주 넣으시고요. 레스타시스도 같이 점안하세요. 그 방법밖에 없을 것 같네요. 혹시라도 눈 상태가 안 좋아지는 것 같거나 불편함이 크면 내원해 주시고요."

말을 마친 의사는 등을 돌려 모니터에 처방전을 입력하기 시작했다.

서안이는 이미 안질환 환우들의 카페에 가입되어 있었다. 어느 날 갑자기 이상 증세로 눈이 안 좋아진 환자들이 정보를 주고받는 커뮤니티였다. 거기에서 서안이는 비교적 어린 나이였다. 보통 30~40대 직장인이 많았고 미성년자인 훤우는 시안이를 비롯해 서넛뿐이었다. 다들 원인불명의 안구건조와 비문증 그리고 광시증뿐 아니라 복시현상까지 있었다. 그나마 다행인 건 서안이에게는 긴급수술이 필요한 증상은 없다는 거였다. 검은 커튼이 내려오는 듯한 증세나 가장자리가 검게 불에 그을린 듯한 증세. 만약 그런 증싱이 생긴다면 어심없이 수술을 해야 했다.

하지만 서안이는 명확한 원인이 발견되지 않는다는 게 더 답답했다. 미성년자인 환우들은 모두 수능을 걱정했다. 내신이야 그나마 어떻게 컨디션 조절을 하면 극복할 수 있지만 모든 학생이 같은 날에 단 한 번 보는 시험에서는 그럴 수가 없었다. 서안이는 아직 먼일이기는 해도 눈이 수능 때까지 버텨줄지 의심스럽고 두렵고 무서웠다.

흐느끼고 있었지만, 눈물이 흘러내리지 않는다는 걸 확인하자 기운이 쭉 빠졌다. 남들처럼 평범하게 슬플 때 울면서 감정을 표현하는 것조차 쉽지 않다는 걸 깨달았기 때문이다. 병원에 갈 때보다 좀 더 큰 절망을 껴안고 약국에 들러 아주 오래 기다린 끝에 한 상자의 레스타시스와 인공눈물을 받아들었다.

"그래도 학교는 갈 거지?"

엄마는 서안이의 얼굴을 두 손으로 부여잡고 슬픈 표정을 지었다.

서안이는 고개를 끄덕였다.

"벌써 늦었어. 어서 가야지."

일상을 잃고 싶지는 않았다. 서안이는 자동차 조수석에 올라타며 학교로 향했다.

"자, 얼른 옷 갈아입고 체육시간 준비하자."

공교롭게도 서안이가 학교에 도착했을 때는 막 체육수업이 시작할 때였다. 다들 교실에서 체육복으로 갈아입기에 바빴고 서안이의 늦은 출현에도 크게 관심이 없는 듯했다. 그러다 서안을 발견한 청연이가 다가와 알은체를 했다.

"헤이, 서안! 일찍 왔네? 너 늦을 거라고 담임쌤이 말했는데."

왜인지 묻지 않는 건 서안이가 그간 잦은 결석과 지각을 반복해 왔기 때문이다. 반 아이들 모두 이런 상황에 익숙해져 있었다. 반에 아픈 친구가 있고, 그 친구는 늦게 오거나 안 올 수도 있다. 그러니 안부를 묻거나 어디가 아픈지를 확인하는 선 예의가 아니다. 또 아프니까 늦었으려니, 또 병원에 갔으니까 늦었으려니, 건너짚게 되는 거였다. 서안이는 그저 고개만 끄덕여 보이고는 별말 없이 체육복을 꺼내 급하게 갈아입었다. 대답이 없자 청연이는 잠시 머뭇거리다가 하은이 무리로 돌아갔다.

'왜 하필 체육이야.'

자신이 눈이 더 나빠졌음을 확인한 순간 딱 걸린 수업이 체육이라니. 이 모든 게 악연처럼 느껴졌다. 이런 기분으로 이런 상태로 시합을 하기에는 너무 준비가 안 되었지만 별수 없었다. 그저 따를 수밖에. 서안이는 신발을 갈아신은 뒤 혼자 체육관으로 향했다.

"우리는 할 수 있다! 파이팅!"

기합이 상당했다. 그저 체육수업의 일환으로 진행되는 토너먼트였지만 수행평가 점수에 반영이 되었기에 아이들은 승부욕에 모두 불타고 있었다. 기합이 들어간 모습에 서안이는 조금 걱정이 되었지만 어쩔 수 없다는 생각으로 팀원들과 손을 포갠 뒤 힘차게 들어 올리며 구호를 외쳤다. 키가 작은 서안이는 게임메이커인 가드 역할을 할 예정이었다. 여기저기 볼 배급을 해주며 전방에 있는 청연이가 슛을 할 수 있도록 경기를 조율해야 했다. 하지만 서안이는 자신에게 공이 오는 게 두려웠다.

'눈이 이런데 혹시라도 잘못 맞으면?'

빠른 속도에 놀라 눈이라도 감으면 큰일날 것 같다고 생각했지만, 또다시 약한 모습을 보일 수는 없어 오히려 눈을 더 크게 뜨고 공을 응시하며 패스를 했다.

"가자!"

공을 튀기며 달려오던 하은이가 청연이에게 패스하는 순간 청연이가 멋진 폼으로 레이업 슛을 성공시켰다. 모두 환호했다. 이번에는 스냅을 줘서 공을 살살 튀기며 우리 진영으로 파고드는 상대를 연서가 막아서며 재빠르게 공을 가로채 서안이에게 패스했다. 그때였다. 퍽 하는 소리와 함께 서안이가 주저앉은 게. 미처 피하지 못하고 공을 얼굴로 들이받은 탓이었다. 서안이는 그 순간 빨리 일어나 시합을 계속해야 한다는 걸 알면서도 두려움과 아픔에 선뜻 그러지 못한 채 주저앉아 얼굴을 감쌌다. 눈을 떴을 때 앞을 제대로 볼 수 있을지 두려웠다. 그때 패스를 했던 연서가 미안해하며 다가와 서연이의 등을 토닥였다.

"미쳤어?"

얼굴을 가렸던 손을 뗀 서안이가 소리쳤다. 그 소리가 얼마나 카랑카랑했던지 체육관에 다 울려 퍼질 정도였다. 서안이는 흥분해 연서의 어깨를 양손으로 밀었다.

"미안해. 진짜 미안……."

오히려 연서가 울음을 터트렸고 분위기는 반전되었다. 팀원들이 서안이 대신 연서를 둘러싸고 등을 토닥이기 시작한 것이다. 서안이는 어안이 벙벙해진 채 자신의 눈이 멀쩡한지 확인하기 위해 글자를 읽으려 주변을 살펴보았지만, 주위는 온통 뿌옇게 변해 있을 뿐이었다. 급기야 다시 주저앉았지만 서안이에게 신경 쓰는 친구들은 없었다. 오히려 그 모습을 힐끔거리며 꾀병이라고 생각하는 듯했다. 눈물도 흘리지 않는 아이를 진심으로 걱정할 사람은 없을 터였다. 결국 서안이는 벌떡 일어나 강당을 뛰쳐나갔다. 그리고 그대로 교실로 가 가방을 들고 교문 밖으로 내달렸다.

* * *

다음 날 아침, 밤새 찜질을 하다 겨우 잠들었던 서안이가 찌뿌듯한 몸을 일으켰다. 그리고 눈을 뜬 순간 악몽과 같은 현실을 마주하고 말았다. 마치 개구리알이 둥둥 떠 있는 것처럼 시야가 탁해졌기 때문이었다.

'뭐지?'

놀란 가슴을 부여잡고 다시 한번 눈을 조용히 감았다가 뜨자 이번에는 날파리가 날아든 것처럼 시야가 어지러웠다. 몇 번을 더 깜빡거려도 똑같았다. 눈 속에 누군가가 검은 점을 흩뿌려놓은 것처럼 혼탁했다.

'침착하자, 침착해.'

눈이 조금씩 나빠질 때마다 매번 너무 놀랐기에 이번만은 흥분하지 말자고 굳게 마음을 다잡았다. 엄마를 찾지 않은 채 그 길로 운동복으로 갈아입고 휴대전화와 카드지갑만 챙겨 동네 안과를 찾았다.

"엄청 일찍 오셨네요. 대기 환자분 안 계시니까 이름 호명되는 대로 바로 들어가시면 돼요."

접수대에 앉은 간호조무사는 서안의 얼굴을 한 번 쓱 쳐다보더니 학생증을 확인하고 안쪽 긴 의자를 가리켰다. 서안이는 긴 복도를 따라 걸으며 벌벌 떨리는 가슴을 진정시키며 속으로 수도 없이 마인드 컨트롤을 했다. 먼저 커다란 상자를 상상하고 그 안에 귤을 하나씩 천천히 넣는다. 그러다 보면 마음이 가라앉는데 이건 서안이가 스스로 생각해 낸 방법이었다. 그렇게 머릿속으로 열다섯 개의 귤을 상자 안에 넣으며 놀란 가슴을 진정시키자 서안이의 이름이 크게 불렸다.

"이서안 님, 진료실로 들어오세요!"

서안이는 천천히 진료실로 들어갔다.

"어서 오세요. 또 어디가 안 좋아서 왔을까? 요즘은 눈 상태가 어때요?"

이미 몇 번 와본 적이 있는 곳이어서 의사 선생님은 기억하고 있었다.

"오늘 아침 눈을 떴는데 갑자기 날파리 같은 게 보여요."

"날파리요? 음······. 언제부터? 오늘부터? 무슨 일이 있었어요?"

"어제 공에 맞긴 했는데 작은 공은 아니고요. 큰 공이라서 그게 영향이 있는지는 모르겠어요. 근데 원래 눈이 안 좋다 보니까 걱정이 되어서요."

"음, 비문증 같은데. 다른 데는 일단 문제가 없는지 한 번

볼게요."

의사는 한참 동안 눈을 자세히 들여다보더니 처방전을 작성하기 시작했다.

"다행히 다른 데는 이상 없네요. 비문증이 맞고요. 이게 좋아졌다 나빠졌다를 반복할 거예요. 부유물이 빠져나와서 눈 안을 도는 거라 그래요. 가라앉으면 잘 안 보이고 뜨면 잘 보이고. 환한 곳에서 더 잘 보일 거고요."

"그럼 어떤 약을 먹으면 되는 거예요?"

서안이가 조심스레 물었다.

"그게…… 사실 비문증은 눈이 노화가 되면 생기는 거라서 없앨 수가 없어요. 대신 너무 심하면 레이저로 잘게 쪼갤 수는 있는데 이건 벼룩 잡는다고 초가삼간 태우는 꼴이라서 권하지는 않고요. 그나마 잘 듣는 약이 있으니 이거 한 번 써봐요. 그런데 눈이 너무 맵거나 충혈되거나 하는 부작용은 있을 수 있으니 그러면 즉시 사용 중단하고요. 너무 걱정하지는 말아요."

"걱정하지 말라고요? 못 고치는 병인데요? 그리고 저 십 대인데 벌써 노화라뇨?"

"그냥 익숙해지면 괜찮아요."

"전 지금도 눈이 안 좋아서 일상생활도 제대로 못 해요!"

"그런 태도로 삐딱하게 생각하면 없던 병도 생겨요. 그냥 무시하고 지내면 돼요. 학생."

의사는 짜증을 내며 답답하다는 투로 답하고는 등을 돌렸다. 서안이는 기가 찼다. 평생 낫지 않을 병인데 아무렇지도 않은 거라고 말하는 게 이해가 되지 않았다. 하지만 별수 없었다. 어제 공에 맞은 거랑 관련이 있는지도 명확하지 않으니 따져 물을 곳도 없었다. 그저 태어나기를 약하게 태어난 눈을 원망하고 자신을 저주하는 수밖에.

서안이는 진료실을 나와 처방전을 받고 약국에서 유일한 희망이라는 약을 받아 바로 점안했다. 하지만 이내 눈동자에 핏발이 벌겋게 서면서 따갑기 시작했다. 마지막 방법도 듣지 않는다고 생각하자 가슴이 답답했다. 하지만 이 모든 상황에 이미 어쩔 수 없이 익숙해져 버렸다. 서안이는 안약을 쓰레기통에 던져 넣고 두 손을 꽉 쥔 채 정처 없이 달리기 시작했다.

한참을 달리다 도착한 곳은 대공원이었다. 규모가 어마어마해서 다 둘러보는 데만 몇 시간이 소요되는 곳. 호수가 있고 둘레에 벤치가 많아 힘들 때마다 와서 마음의 위안을 얻었던 비밀의 장소였다. 하지만 이제 다시는 이곳을 찾을 수 없을 거라는 생각이 들었다. 고개를 들어 파란 하늘을 보면 까만 날파리 떼가 줄지어 눈앞을 날아다니기 시작했으니까. 누군가에게는 별것 아니라는 질환이 자신에게는 유일한 안식처마저 빼앗아 간다고 생각하니 억울하기만 했다. 그렇게 울고 싶어도 나오지 않던 눈물이 지금만큼은 뚝뚝 흘러내렸다.

눈이 아픈 것도 아픈 거지만 의사 선생님의 태도가 더 야속했다. 마치 자신이 정신적 문제라도 있는 것처럼 말하다니. 서안이는 자리에서 일어나 다시 천천히 뛰기 시작했다. 달리지 않으면 상념이 자신을 삼켜버릴 것만 같아서였다.

그날 밤, 서안이의 엄마는 딸의 방문을 빼꼼히 열었다가 잠든 모습을 발견하고는 조심스레 문을 닫았다. 요즘 들어 부쩍 의기소침해 보이는 딸이 걱정되었지만 해줄 수 있는 게 없었다. 이미 병원은 다닐 만큼 다녀봤고, 검사도 해볼 만큼 해봤지만 그때마다 돌아오는 결과는 언제나 '원인불명'이었다. 안타깝긴 했지만 무조건 다니던 회사를 그만 두고 딸의 엎만 시킬 수도 없었다. 하지만 서안이가 눈 때문에 계속 힘들어하는 사실을 알면서 아무것도 해줄 수 없다는 사실은 늘 가슴 한 켠을 아릿하게 만들었다. 자신도 태어날 때부터 유전적으로 눈이 좋지 않아 계속 고생해 왔고, 흔한 라식 수술조차 받지 못했다. 그런데 자신을 그대로 닮은, 아니 자신보다 더 심각한 눈을 가진 딸이라니.

엄마는 소용없다는 걸 알면서도 스마트폰으로 이것저것 검색하기 시작했다.

'안구건조 신약.'

'불치병 안과질환.'

'불치병 안과질환 임상.'

하지만 희망적인 뉴스는 없었다. 사실 이미 알고 있었다. 안과 질환은 큰돈이 되지 못해 신약개발이 더디다는 걸. 유일한 치료제라고 할 수 있는 레스타시스가 전부라는 걸. 그보다는 눈이 아픈 것은 겉으로 티가 나지 않아 사람들이 병으로 인식하지 않는다는 게 더 힘들었다. 보이지 않는 적과 싸우고 있는 서안이가 너무 가여워 엄마는 결국 울음을 터트리고 말았다.

"야! 너 왜 어제도 안 나왔어?"

멀리서 하은이가 다가와 너스레를 떨었다. 청연이도 다가왔다.

"너 그러고 가버려서 우리 진짜 놀랐어. 그러는 법이 어딨냐? 걱정했잖아. 카톡도 씹고!"

서안이는 멋쩍은 척을 해보이며 최대한 미안한 표정을 지었다. 하지만 실은 그렇지 않았다. 눈을 깜빡일 때마다 시야를 가리는 날파리 떼가 너무 신경 쓰여 아무 생각도 할 수 없었기 때문이었다. 심지어 오늘 아침에는 자동차 번호판을 읽는 루틴도 건너뛰었다.

"오늘은 체육 없으니까 너무 걱정하지 말고. 또 있어도 선생님께 말해서 빼달라고 할게."

"왜? 아니야. 나 할 거야. 내가 왜 빠져야 하는데?"

날 선 서안이의 말에 하은이는 당황한 나머지 얼굴이 빨개졌다. 그러자 청연이가 거들었다.

"하은이는 다 너를 위해서……."

"됐어. 너희가 내 맘 알아? 너희 눈 아파본 적 있어?"

그러고는 자리로 돌아가 가방을 내려놓고는 책상에 엎드려 버렸다. 친구들이 배려해 주는 건 고맙지만 자신의 의

건도 몰아보지 않고 마음대로 짐작하는 건 이제 딱 질색이었다. 서안이는 그렇게 엎드려 하루가 그냥 빨리 지나가기만을 바랐다.

"20개."

점심도 서른 채 복도 쪽 자리에 앉아 눈을 떴다 감기를 반복하며 혼잣말하는 서안이를 친구들은 이상하다는 듯 힐끔거렸지만 아무도 다가와 말을 걸지는 않았다.

"내버려 둬."

"근데 언제까지 쟤 짜증을 우리가 받아줘야 해? 우리가 뭐 하녀야?"

"그냥 말을 말자. 말을 말아. 아프다고 하잖아."

"그거면 다 되는 거야?"

하은이 무리 아이들 둘이 입을 삐쭉거리며 불만을 토해냈다. 더 이야기를 꺼냈다가 상황만 안 좋아질 것 같아 청연이는 둘을 자리로 보내고 그만 이야기하자며 자리를 정리했다. 속상한 건 청연이와 하은이도 마찬가지였다. 두 사람은 늘 서안이를 배려하기 위해 앞장섰다. 교실 불을 두 칸씩 끄고 창가의 커튼을 치는 것도 둘의 몫이었고 다른 과

목 선생님이 들어오기 전에 눈이 아픈 친구가 있어서 양해해 달라고 부탁하는 것도 둘의 역할이었다. 하지만 언젠가부터 자신들의 배려가 당연하게 생각되는 것 같아 억울했고 아픈 친구 때문에 제대로 속 편하게 깔깔대며 즐길 수 없는 것도 힘들었다. 조금씩 섭섭함이 쌓여갔지만, 서안이에게는 그게 잘 보이지 않는 듯했다.

"야, 우리도 그냥 그만두자."

"뭘?"

"애쓰는 거 그만하자고."

"너까지 왜 그래? 그러지 마. 나도 참고 있는 거야."

하은이가 힘든 표정으로 말했다.

"그니까 왜 우리가 그런 짐을 져야 해? 우리도 평범한 학생이잖아. 서안이 부모도 아니고 보호자도 아니라고."

"야, 들리겠다."

"암튼 그냥 나 이제 더는 애쓰지 않을래. 그러니까 너도 나한테 강요하지 마."

그 말을 끝으로 청연이는 무선이어폰을 귀에 꽂은 채 창가 쪽으로 돌아앉았다.

* * *

그날 밤, 서안이는 좀체 잠을 이루지 못했다. 열린 창문으로 빗소리가 들이치고 있어서 도통 잠들 수가 없었다. 평소는 ASMR로 일부러 빗소리를 틀어놓고 잠들곤 했지만 속상한 마음이 가라앉질 않는 지금은 그마저도 아무런 소용이 없었다.

스마트폰을 보니, 새벽 1시. 자꾸만 방을 들락거리고 온 집안을 서성대는 딸의 인기척에 엄마도 일어났다. 서안이의 방문을 살짝 열자 침대 헤드에 몸을 기댄 채로 멍하니 앉아 있는 딸이 눈에 들어왔다. 엄마는 말을 건네는 대신 옆자리로 가서 누웠다.

"엄마 왜 그래? 엄마도 잠 안 와?"

"너도 엄마 등 뒤에 누워. 어릴 때 띠뱅이 해준 것처럼. 그럼 좀 나을 거야."

말뜻을 이해한 서안이는 엄마 등 뒤에 몸을 밀착시킨 채로 누워 눈을 감았다. 내일은 좀 더 나을 거라는 희망으로 잠을 청했다. 어느덧 눈앞의 까만 사위는 멀어졌다.

오랜만에 깊은 잠에서 깨어난 서안이가 눈을 조심스레 떴다. 여전히 날파리 떼는 떠나질 않고 눈앞에 자리하고 있었다. 조심스레 눈동자를 굴려보았지만 똑같았다.

"하나 둘 셋 넷 다섯 여섯 일곱 여덟……."

날파리의 수를 세다가 포기하고 무거운 몸을 일으켰다.

"가야지. 학교."

하지만 어제 일을 생각하니 마음이 내키지를 않았다.

"그래도 또 결석은 아니지."

서안이는 교복을 입고 하루의 루틴을 시작했다.

"234아 888X."

"445아 689X."

"569…… 어?"

갑자기 눈앞이 번쩍하는 듯한 기분이 들었다. 마치 번개가 치는 것처럼. 너무 놀라 그 자리에 눈을 감싸고 주저앉았다. 얼마나 지났을까? 조심스럽게 손을 떼고 눈을 가만히 떠보았다. 세상은 조용했다. 아무 일도 벌어지지 않았다.

'내가 뭘 착각했나? 잘못 봤나?'

다시 천천히 몸을 일으켜 걷기 시작할 때였다.

번쩍!

눈앞에 다시 번쩍이는 빛이 들이쳤다. 이번에는 똑똑히 보았다. 하늘은 여느 때와 같이 맑은 여름날이었다. 번개 같은 건 치지 않았고 잘못 본 것도 아니었다. 서안이는 불안한 마음에 다시 안과를 향해 달리기 시작했다.

"선생님! 눈앞에 빛이 번썩거려요."

"음. 비문증이 있었죠? 이거 생각보다 눈 상태가 안 좋은가 보네."

"안 좋다고 제가 말씀드렸잖아요!"

"아, 광시증 같네요."

"광시증이요?"

"빛이 번쩍하는 느낌이라고 해서 광시증인데 보통 비문증을 오래 앓으면 광시증이 생기는 경우가 있어요."

"그게 저란 말씀이세요? 저는 생긴 지 얼마 되지도 않았는데요?"

"일단 마음 편히 생각해야 해요."

"지난번에도 그렇게 말씀하셨잖아요! 마음 편히 먹으면 된다면서요!"

"학생……. 놀란 마음은 알겠는데 이게 심한 거라고 할 수는 없어요. 지켜보다가 망막에 문제가 생기면 그때 수술하면 되니까. 이 정도로는 수술할 필요도 없는 증상이니까 중증은 아니에요."

의사는 등을 다시 돌려 모니터를 보며 처방전을 입력하기 시작했다. 그 모습에 너무 화가 난 서안이가 소리를 지르기 시작했다.

"제 마음을 아세요? 제가 어떤지 아세요? 그것도 모르면서 마음 편하게 가지라고요? 환자한테 늘 그러세요?"

그 말을 듣던 의사가 간호조무사를 불렀다. 진료실로 들어온 간호조무사는 서안이를 달래 데리고 나갔다. 하지만 서안이는 여전히 화가 풀리지 않았고 접수 데스크에 주먹을 내리치며 씩씩댔다.

"환자분, 저도 비문증 있어요. 의사 선생님은 그런 게 없으시니까 그 마음 잘 모르는 게 맞아요. 그게 큰 병은 아니어도 얼마나 불편한데요. 저는 광시증까지는 없어 모르지만 눈 자체가 약하고 아프면 많이 힘들죠. 시력을 잃을까 불안하기도 하고요. 이해해요."

간호조무사의 말에 서안이는 화를 간신히 가라앉히고는 처방전을 받아 병원 밖을 나섰다.

'어찌지? 어떡하지? 엄마한테 말하면 더 걱정할 텐데. 말한다고 달라지는 것도 없고.'

서안이는 학교에 가지 못하고 공원 벤치에 얼굴을 파묻고 몇 번을 자신에게 묻고 또 물었다. 하지만 답은 없었다. 약으로 교환하지 않은 처방전을 마구 구기며 마음을 달래보려 했지만 괴로운 마음은 숨길 수가 없었다. 결국, 가방을 열어 처방받은 불안장애약을 세 봉지나 꺼내 물도 없이 입에 털어 넣었다.

이제 눈 상태는 최악으로 향하고 있었다. 시야가 종종 흐려지고 까만 비문이 떠다니고 번쩍번쩍 빛이 비치고 부는 바람에 칼로 저미는 듯한 고통이 찾아왔다.

'이 상태가 정상이라고?'

원인불명인 자신의 눈 상태가, 수술도 하지 못하는 자신의 장애가 죽도록 미웠다.

"어디 티나게나 아팠으면!"

결국, 혼자서 소리를 빽 하고 지르고 말았다.

* * *

"왜 이렇게 땀이 나지?"

몸이 먼저 이상함을 감지했는지 땀이 비 오듯 쏟아지기 시작했다. 어쩔 수 없이 에어컨을 틀었지만 소용없었다. 두 번이나 샤워를 하고 나자 이번에는 온몸이 소름 끼치게 덜덜 떨리기 시작했다.

'왜 이래?'

서안이는 제어되지 않는 몸 상태가 두려웠다. 뒤이어 눈에 엄청난 통증이 찾아왔다. 눈 주변의 근육이 바짝 서서 꿈틀거리며 경련을 일으켰다. 눈을 뜨면 비문이 떠다니고 광시증이 계속되었고 눈을 다시 감으면 끔찍한 안통이 계속되었다.

'아냐, 이제 금방 나아질 거야.'

하지만 좀처럼 잠들 수가 없었다. 서안이는 주먹을 말아쥐고는 애를 썼다. 아침에 눈을 뜨면 눈이 멀어 있을지도 모른다는 끔찍한 상상 때문에 밤새 잠을 이루지 못했다.

"서안아, 왜 그래? 밤잠을 설쳤어? 온몸이 다 젖었네. 더우면 에어컨 켜고 자지."

출근하기 전 서안이의 방으로 들어온 엄마가 걱정스러운 얼굴로 물었다.

"엄마 나 오늘 학교 못 가."

"왜? 그 정도로 아파? 그래서 땀 흘린 거야? 어떡해. 우리 새끼……."

엄마는 서안이의 이마를 짚어보았다. 열은 없었지만, 기력이 없고 온몸이 땀범벅인 걸 보아 오늘 하루는 쉬는 게 나을 듯싶었다.

"내가 선생님께 전화할게."

"아냐, 엄마. 내가 알아서 할게. 그냥 문자 보내면 돼."

"그래도 어떻게 된 일인지는 설명을……."

"그냥 내가 한대도!"

소리를 빽 지르더니 서안이는 뒤로 돌아 누웠다.

"너 이러면 안 돼. 엄마 출근하잖아. 이런 마음으로 회사 가면 종일 일도 제대로 못 해. 서안아, 무슨 일이야? 학폭이야? 뭔데? 말 안 하면 나도 출근 안 한다!"

엄마는 들고 있던 가방마저 내려놓고는 서안이를 흔들었다. 그러자 서안이가 울음 섞인 목소리로 말했다.

"나 눈이 더 이상해. 병원 갔는데 비문증에 광시증까지 왔대. 눈앞이 번쩍거려. 너무 무서워."

"우리 딸, 혼자 병원 갔어? 눈이 더 안 좋아졌는데 말도 안 한 거야? 어쩜 좋아. 지금은?"

"밤새 안통 때문에 잠을 못 잤어. 눈 감았다가 뜨면 눈이 멀어 있을까 봐 무서워서 너무 졸린데도 잠을 못 잤어. 흑흑……."

엄마는 서안이를 부둥켜안고 한참을 다독였다.

"에휴. 이런 고통을 겪는데도 엄마가 뭘 해줄 수 없어 미안해. 그럼, 오늘만 학교 못 가는 거야?"

"아니……. 나 계속 못 갈 것 같아."

"일단 일주일만 집에서 쉬고 그러면서 엄마랑 병원도 가 보고 그러자. 수술까지 할 필요 없다고는 하지만 심하면 다를 수도 있지. 대학병원도 다시 가보고."

"이제 병원 가기 싫어. 병원 투어하는 거 기분 별로야."

"그래도. 암튼 알았어. 오늘은 불 꺼놓고 편하게 집에서 쉬고 엄마 퇴근할 때까지 잘 지내고 있어야 해. 알았지?"

그렇게 엄마는 떨어지지 않는 발걸음을 재촉해 집을 나섰다. 서안이는 엄마의 뒷모습을 멍하니 쳐다보았다.

* * *

"이제 학교 가야지. 너 진짜 이럴 거야?"

눈 때문에 학교를 쉰 지 열흘. 엄마는 더는 참을 수 없다는 듯 말을 꺼냈다.

"엄마, 나 학교 그만둘 거야."

"뭐? 그게 말이 돼?"

"나를 민폐라고 생각해. 다들."

"아니야. 그럴 리 없어. 도대체 무슨 일이 있었던 거야?"

"엄마, 친구들이 다 나를 불편하게 생각해. 나도 불편하고. 학교를 더 다니는 건 아닌 것 같아."

엄마는 펑펑 눈물을 흘리기 시작했다. 서안이는 그 모습이 보기 힘들었지만, 어둠 속에서 몇백 번이고 생각하고 더 생각하며 내린 결정이었다.

"엄마. 나 진짜 많이 생각했어. 미안해. 엄마한테 진짜 미안해. 이런 딸로 태어나서 미안해."

그 말에 깜짝 놀란 엄마는 서안이를 부둥켜안더니 등을 쓰다듬었다.

"무슨 소리야. 우리 딸, 얼마나 힘들었을까. 하고 싶은 대로 해. 엄마는 서안이 편이야."

그렇게 둘은 서로를 껴안고 한참을 울었다.

"서안아!"

오랜만에 학교에 가자 아이들은 깜짝 놀라 반가운 척을 했다. 마음이 꽁해 있던 청연이와 하은이도 한달음에 달려와 알은체를 하며 반갑게 맞이해 주었다.

"야! 아무리 서운해도 카톡까지 다 씹냐?"

장난스럽게 서운함을 표현하는 청연이의 말에 서안이는 살짝 마음이 흔들렸다. 잠깐이지만 친구들과 즐거웠던 추억이 스쳐 지나갔다.

'벌써 이러면 안 돼.'

서안이는 손을 들어 눈을 가렸다.

"울어? 벌써 감동해서 우는 거야? 그런 거야?"

"울보!"

청연이와 하은이가 합세해서 놀리자 울음이 쏙 들어갔다. 서안이는 오랜만에 해사하게 웃어 보였다.

"얘들아, 서안이가 오랜만에 등교한 거 알지? 다들 잘해 주고 아직 불편한 점이 있을 테니까 많이 도와줘. 알았지?"

"네!"

모두 한마음으로 크게 답하는 모습에 서안이는 당황스

러웠다. 하지만 서안이의 상태는 달라진 게 없었다. 1교시 지리수업을 위해 빔프로젝터를 켜자 광시증이 시작되었다. 눈앞에서 번개가 번쩍이며 통증이 시작되자 결국 엎드리고 말았다.

"많이 아파?"

"무슨 일인데?"

"얘가 눈이 안 좋아서요."

"그건 알지. 근데 빔을 아예 안 쓸 수는 없는데……."

지리 선생님은 어쩔 줄 몰라 했다. 서안이는 자리에서 일어났다.

"선생님, 저 양호실에 좀 가 있을게요. 눈이 많이 아파서 수업 듣기 어려울 것 같아요."

"그래? 그래. 누가 같이 가줄까?"

"아뇨, 혼자 갈 수 있어요."

양호실에서 두 시간 정도를 온열 찜질을 하며 누워 있자 점심시간이 되었다. 뭘 먹을 기분이 아니었다. 대신 담임선생님에게 전화를 걸었다.

"선생님 식사하시는데 죄송하지만 드릴 말씀이 있어요."

"아냐, 선생님 다 먹었어. 상담실로 올라올래?"

4층 교무실 옆 상담실은 사방이 막혀 있는 3평 정도 되는 공간이다. 암막 커튼까지 쳐져 있어 실내가 다소 어두웠지만, 이 때문에 서안이에게는 딱 좋았다. 담임선생님은 들어서면서 불을 키려다가 서안이를 보더니 손을 내렸다. 둘은 물컵 하나씩을 앞에 둔 채 마주 보고 앉았다. 어색한 침묵을 먼저 깬 것은 서안이였다.

"선생님, 저 아무래도 자퇴해야 할 것 같아요."

"뭐? 그 이야기하려고 보자고 한 거였어?"

"많이 생각했고요. 엄마랑도 이야기된 거예요."

"혹시 불편하게 하는 친구들이 있니?"

서안이는 고개를 세차게 저었다.

"아뇨, 그런 거 아니고요. 제가 정상적인 학교생활을 계속하는 게 어려울 것 같아요. 눈이 많이 안 좋아져서요."

"그 정도였구나. 사실 서안이 병은 겉으로 보이는 게 아니니까 우리도 어느 정도인지 알 수가 없었거든. 그냥 서안이가 힘들구나, 이 정도만 짐작할 뿐이었지. 그동안 혼자서 속 많이 끓였겠다. 그래도 어떻게 함께 이겨낼 수는 없을까? 진짜 그렇게 결심한 거야?"

담임선생님은 서안이의 손을 지그시 잡았다. 따뜻한 손

에서 마음을 전달받을 수 있었지만, 너무 늦었다는 생각을 하며 고개를 끄덕였다.

"그럼, 내가 부모님과 한 번 더 상의해 보고 처리할게."

선생님은 주먹을 쥐며 조용히 파이팅을 외쳤다.

사물함을 비우는 날, 서안이는 친구들의 주목을 받는 것이 부담스러워 일찌감치 학교로 향했다. 새벽 6시, 아무도 없을 거라고 확신하며 교실에 들어섰다. 자신을 힘들게도 하고 기쁘게도 했던 공간을 마주하니 복잡한 감정이 올라왔다. 서안이는 도리질하며 그 감정들을 떨쳐내려 애를 썼다. 그러고는 체육복과 함께 교과서와 참고서 등을 챙겨 가방에 넣었다. 서안의 자리는 복도 쪽. 그마저도 아이들이 배려해 준 덕분이었다. 햇빛이 덜 비치면서도 칠판과 적당한 거리를 유지하는 위치. 그 마음을 모르지 않았다. 서안이는 가방을 멘 채, 책상을 쓰다듬다가 울컥할 것 같은 마음에 얼른 교실을 도망치듯 빠져나왔다. 정말 안녕이었다.

* * *

"혼자서도 잘할 수 있지? 우리 딸, 믿는다!"

홈스쿨링을 선택한 서안이를 위해 주문한 검정고시용 책과 문제집을 책상 옆에 놓아두며 엄마가 말했다.

"학교 안 간단다고 안 씻고 늦게 일어나고 그러면 안 돼! 그럼 엄마가 실망할 거야."

그 말을 남긴 뒤 엄마는 출근했다. 모든 불이 꺼진 조용한 집 안. 이제 이곳은 서안이의 학교가 될 예정이었다. 홈스쿨링이라고 하면 으레 가족 중 누군가가 함께 가르쳐주고 도와주는 걸 상상할 테지만 이제는 혼자서 모든 걸 해내야만 했다.

'10분만 더 자야지.'

서안이는 엄마가 출근한 뒤 다시 까무룩 잠이 들었다. 분명 10분만 자려고 마음먹었는데 아무도 깨우지 않고 일어날 분명한 목적도 없다 보니 시간은 속절없이 잘만 갔다. 그렇게 한낮이 다 되어서야 자리에서 일어났다. 어기적거리며 화장실로 가 고양이 세수를 하고 다시 부엌으로 와서 라면을 끓였다.

"후루룩."

기분이 묘했다. 늘 시끌벅적해서 정신없던 점심시간이었

는데. 아무리 밥 친구로 유튜브를 틀어놓아도 현실 세계의 친구만 못 했다. 라면 맛이 사라졌다. 서안이는 남은 라면을 싱크대에 부어놓고는 방으로 돌아왔다.

'이제 뭘 해야 하지?'

"검정고시, 검정고시⋯⋯."

책상 위에 산더미처럼 쌓여 있는 책 표지를 손가락으로 훑다가 한 권을 빼들고 거실로 향했다. 소파 위에 자리를 잡고는 사이드 테이블 위에 책을 올려놓고 천천히 읽어 내려가기 시작했다. 하지만 얼마 되지 않아 지루해졌다. 책을 뒤집어 놓고는 소파에 벌러덩 누워 스마트폰을 켜 노래를 들었다. 그러다 다시 까무룩 잠이 들었다.

얼마나 시간이 흘렀을까? 집 안이 어둑했다. 시간을 확인해 보니 아무것도 하지 않았는데 벌써 5시가 넘어 있었다. 저녁을 챙겨 먹을 시간이다. 냉장고에서 엄마가 준비해 놓은 반찬을 꺼내고 밥을 펐다. 이번에는 밥 친구 없이 그냥 먹기로 했다. 여전히 맛이 없었다. 몇 술 뜨다가 남은 음식을 음식물 쓰레기통에 모조리 버렸다.

'이제 뭘 하지?'

학교도 마칠 시간이었다. 서안이는 그대로 방 안으로 들어가 유튜브를 켜 둔 채로 들으며 다시 침대 위에서 뒹굴거리다가 잠이 들었다.

"서안아! 서안아!"
엄마의 목소리에 눈을 떴다. 엄마가 퇴근한 모양이었다.
"어, 엄마!"
"종일 잔 건 아니지?"
"아니야."
"오늘 뭐 공부했어?"
"엄마가 사준 책."
"무슨 공부했는데?"
"거실에 있을 거야. 눈이 아파서 많이 못 했어."
"너 정말 이럴 거야?"
엄마가 갑자기 샐쭉한 표정을 짓더니 심각하게 말했다.
"뭐가?"
"이러려고 자퇴한다고 했냐고."
"아니야. 그런 거 아니야. 이제 겨우 하루 됐잖아!"
"하나를 보면 열을 안다고."

"그렇게 못 믿겠으면 엄마가 옆에서 끼고 가르치던가!"

서안이가 빽 하고 소리를 지르자 엄마는 어이가 없다는 표정으로 단호하게 말했다.

"네가 선택한 거야. 그러니까 행동에 책임을 져. 그렇지 않으면 뭣도 아니니까. 더는 받아주지 않을 거야. 알았어?"

엄마는 방문을 쾅 하고 닫고 나가버렸다. 자괴감에 서안이는 두 손으로 머리를 움켜쥐고는 한참을 그대로 있었다.

* * *

"오늘은 현장체험으로 시각장애인 도움센터를 갈 거야. 이미 사전에 안내 나갔지?"

"네."

하지만 답하는 아이들의 얼굴은 밝지 않았다. 그도 그럴 것이 다른 반은 수목원이나 놀이공원으로 체험학습을 갔던 것이다.

"근데 우리 꼭 여기로 가야 해?"

"가라고 하면 가야지 별수 있어?"

몇몇 아이들이 모여서 볼멘소리를 했다. 하은이와 청연

이도 썩 내키지는 않았다. 서안이가 떠올랐기 때문이었나.

"나, 그냥 기분이 좀 이상해."

"나도."

서안이랑 친하게 지내던 아이들은 다 같은 표정을 하고 있었다.

"자, 그럼 출발하기 전에 반장이 인원 체크 한 번 더 하고 알려주렴."

조회는 그렇게 끝이 났다.

22명의 아이들이 도착한 시각장애인 도움센터는 우리나라에 처음 생긴 시설이라고 했다. 3층 규모로 상주하는 의사도 있어 병에 대한 자문이나 치료에 대한 답을 구할 수 있다고 했다. 또 활동에 제약이 큰 환우들을 위한 프로그램도 마련되어 있어 눈을 가린 채로 즐길 수 있는 게임이나 댄스 프로그램이 마련되어 있었다.

"조금만 빨리 알았으면 좋았을까?"

"이미 다 엎질러진 물이야."

둘은 그렇게 후회하며 팔짱을 낀 채로 설명을 들었다. 센터를 돌아보며 설명을 한참 듣고 나니 이번에는 체험하는 공간이 나왔다. 비장애인을 대상으로 시력장애를 직접 경험해 보고 느껴볼 수 있다고 했다. 아이들은 살짝 긴장한 눈빛이었다.

"자, 평소에 혹시 눈이 잘 보이지 않는 분들을 직접 뵙거나 만난 적이 있을까요?"

그 말에 아이들은 쭈볏거리면서도 서로를 쳐다보며 모두 손을 번쩍 들었다.

"어! 그렇게 흔치는 않은 일인데. 보통은 바깥 활동을 잘 못 하시거든요."

"눈이 다 안 보이는 건 아니고 저희 반에 눈이 잘 안 보여서 고생하는 친구가 있었어요."

"있었다면, 지금은 학교에 안 다니나요?"

"네……."

아이들은 말끝을 흐렸다.

"그 친구를 위해서라도 한 번 제대로 체험할 필요가 있겠네요. 우선 안대를 쓰고 하얀 지팡이를 짚으면서 코스를 한 번 돌아볼게요. 그다음에는 안과 질환을 앓는 환우들의 체험을 해보겠습니다."

아이들은 안대를 착용하고 일렬로 서서 안내를 받으며

트랙에 들어섰다. 접이식 지팡이를 펴고 바닥에 대고 점자 블록을 짚어가며 앞으로 조금씩 나아갔다. 하지만 처음에 나란히 섰던 것과는 달리 줄을 이탈하는 아이들이 늘어났고 심지어 주저앉거나 포기를 하겠다고 손을 들기도 했다.

"선생님 저 못 하겠어요. 너무 무서워요."

"저도요."

선생님은 그런 아이들을 일으켜 다시 보조 요원과 함께 트랙을 완주할 수 있도록 다독였다.

"자, 도착했습니다!"

전자 호루라기가 삑 소리를 내자 아이들은 일제히 안대를 벗었다. 다들 땀투성이가 되어 바닥에 주저앉아 가쁜 호흡을 골랐다. 눈을 가린 채 다른 감각에만 의존해서 걷는 게 쉽지 않았던 탓이었다.

"자, 다음은 광시증 체험을 한 번 해볼게요. 눈을 다칠 수도 있으니까 구멍이 조금씩 뚫린 보호 안대를 하고 암막 안으로 들어갈 거예요."

그곳에는 암막 커튼이 쳐져 있었다. 안으로 들어서자 사위가 어둑한 공간이 나왔고 스크린 하나가 내려져 있었다. 아이들은 침을 꼴깍 삼키며 하나둘 자리에 앉았다.

"보호 안대를 쓰고 이제 나오는 화면을 집중해서 보면 됩니다. 너무 무리가 된다 싶으면 말씀해 주세요. 길지 않아요. 딱 30초 정도 걸립니다."

아이들은 구멍이 뚫린 안대를 쓰고 스크린을 응시했다. 그러자 번쩍거리는 빛이 눈에 들어오기 시작했다. 처음에는 심하지 않았지만, 뒤로 갈수록 눈을 계속 뜰 수 없을 정도로 심하게 번쩍였다. 30초가 무척이나 길게 느껴졌다. 아이들은 영상이 끝나자 그제야 안대를 벗고서는 눈덩이를 비벼댔다.

"야, 장난 아니지? 그치?"

"나는 누가 눈을 두드려 패는 줄?"

"진짜 심하지 않아?"

"이 정도였어?"

아이들은 웅성댔다. 그 속에서 청연이와 하은이는 생각이 많아진 얼굴이었다. 이제 둘은 아무 말도 하지 않고 서로의 반응만을 살폈다.

* * *

서안이의 일상은 엉망이 되어 가고 있었다. 느지막이 점심시간이 다 되어야 일어나 눈곱도 떼지 않고 밥을 먹고 거실에 앉아 책을 좀 들춰 보다가 방에서 온종일 유튜브를 듣거나 잠을 잤다. 엄마는 서안이를 달래기도 하고, 야단치기도 했지만 그때뿐이었다. 눈이 아프다고 하면 엄마는 마음이 약해졌다. 엄마의 걱정이 깊어지고 있을 때 익숙한 번호로 전화가 걸려왔다.

"어머님 안녕하세요. 기억하시죠? 서안이 담임인……."

"네네, 안녕하세요! 당연히 기억하고 있죠, 선생님. 어쩐 일이세요?"

"한 번 뵐 수 있을까요? 저희 이야기 나눴던 거 결론을 지을 때가 온 것 같습니다."

"아, 네 그렇지 않아도 저도 그렇게 생각하고 있었어요."

전화를 끊고 엄마는 서안이의 방으로 왔다.

"서안아, 오늘 150페이지까지는 풀어봐. 알았지? 이따 와서 바로 확인할게."

"엄마 출근하는 거 아니야?"

"어, 오늘은 출근 안 하고 중요한 약속이 있어. 또 종일 빈둥거리지 말고. 알았지?"

"내가 언제……."

엄마는 서둘러 자리를 떴다. 적막한 집에서 서안이는 친구들이 생각났다. 영상이라는 밥 친구 대신 진짜 같이 밥을 먹고, 이야기하고, 뛰놀 수 있는 친구 말이다. 그런 생각이 떠오를 때면 몸도 마음도 무기력해져 울고 싶기도 했다.

서안이는 남은 반찬을 다시 냉장고 속에 넣어놓고 전자레인지 아래에 있던 과자봉지를 집어 들었다. 그러고는 책은 펼치지도 않고 침대에 누워 유튜브로 괴담을 듣기 시작했다.

"오늘은 또 하루가 이렇게 가겠지."

몇 시간이 지났을까? 현관 쪽에서 소리가 들렸다. 엄마였다. 엄마의 표정이 밝았다.

"무슨 좋은 일 있어?"

"아니, 응. 아니, 응. 헷갈리지?"

"뭔 소리야?"

"이리 와서 좀 앉아봐."

엄마는 얼른 거실 소파에 자리를 잡고서는 바로 옆자리를 가리켰다.

"왜?"

"너 지금 이런 생활이 좋아?"

"좋냐고?"

"솔직히 말해 봐."

"왜 자꾸 그래?"

"솔직히 말해 보라고. 너의 마음을. 이거 마지막 기회일지도 몰라."

"좋기는……. 안 좋지. 너무 답답해."

서안이는 한숨을 푹 내쉬었다. 그런데 엄마는 그 모습을 보고 상심하기는커녕 오히려 눈빛을 반짝거렸다.

"무슨 이야기 하려고? 무슨 비밀 있어?"

"실은 그때 너 자퇴한 거 보류해 놓았었어."

"뭐?"

"선생님이랑 상의할 때 너무 아쉬우니까 병결로 처리하고 한 달이 지나서 자퇴서를 내기로 했다고."

"어? 진짜?"

서안이는 자신 몰래 일을 꾸민 엄마에게 화가 나지 않았다. 오히려 그 반대였다. 서안이는 엄마를 부둥켜안았다. 그리고 말했다.

"잘했어, 엄마……. 최고로 잘했어!"

막상 다시 친구들을 만나게 된다고 하니까 서안이는 설레기도 하고 두렵기도 했다. 하지만 그 두려움을 떨쳐내고 한 발 한 발 씩씩하게 내디뎠다. 교문 앞에서 선글라스를 빼는 것도 잊지 않았다. 그리고 도착한 교실. 복도에서 까치발을 들고 안을 들여다보니 이미 청연이와 하은이는 도착해서 열심히 수다를 떨고 있었다. 서안이는 놀라게 해줄 생각으로 뒷문을 활짝 열어젖히고 들어섰다.

"어머!"

청연이는 깜짝 놀라며 입을 틀어막았고 하은이는 그 자리에 멈춰 섰다. 다른 아이들은 서안이를 보자마자 소리를 지르며 놀라움을 표시했다.

"이제 다시 학교 다니는 거야?"

"더 아픈 건 아니지?"

"응. 아픈 건 그대로지만 이제는 좀 씩씩하게 이겨내려고. 그리고 너희들 생각도 진짜 많이 했어."

"우리도."

"그동안 귀찮았을 텐데 배려해 줘서 고마웠어. 이제는 내가 좀 더 당당해지려고 노력할게."

"야, 무슨 그런 말을!"

청연이가 서안이를 끌어안았고 그 위로 하은이가 자신의 몸을 포갰다. 교실 안으로 초겨울의 햇살이 가득 퍼져나갔다.

봄마중 청소년숲
그럼에도 불구하고

초판 1쇄 발행 2025. 4. 10.

지은이	조경아 정명섭 천지윤 최하나
발행인	이상용 이성훈
발행처	봄마중
출판등록	제2022-000024호
주소	경기도 파주시 회동길 363-15
대표전화	031-955-6031
팩스	031-955-6036
전자우편	bom-majung@naver.com

ISBN 979-11-94728-03-0 43810

값은 뒤표지에 있습니다.
잘못된 책은 구입한 서점에서 바꾸어 드립니다.
본 도서에 대한 문의사항은 이메일을 통해 주십시오.

봄마중은 청아출판사의 청소년·아동 브랜드입니다.